巴大叔和他的孩子们

一位科学老师的 2049 计划

袁敏 著

浙江少年儿童出版社·杭州

目录

写在前面

上篇：巴大叔和他的山水田园

第一章

第二章

第三章

第四章

第五章

下篇：家庭实验室的创客们

第六章

第七章

第八章

第九章

不是尾声

从我的童年到"双减"时代　001

"巴大叔"其人　009
水葫芦・珍珠蚌・神奇校车　029
白菜花・石公田・山水田园课　049
山胡椒・金刚犬・袖珍小学　071
消亡和诞生　109

一千零一夜家庭实验室计划　119
小富的快乐和忧伤　137
石头男孩的心思　165
萌宠爬袭　193
从"创客之夜"到2049计划　225

★本书照片由作者、陈耀及当事人拍摄或提供。

写在前面

从我的童年到"双减"时代

巴大叔和他的孩子们 ☀ ☺ 🪐 ● ☾

我家小区的对面,是一所有名的重点中学。每当夜幕降临,那栋砖红色的教学楼仍然灯火通明;双休日的学校门前,依旧车水马龙。孩子背着沉重的书包走进校门,一些家长则是一脸迷茫和无奈的表情。

由此,我常常会怀想起自己的童年和少年。

那时候,在许多人眼里,我是一个疯丫头:资质平平,成绩一般,相貌也没有小淑女那般甜美可人,基本属于舅舅不疼、姥姥不爱的角色。除了语文课常常能博得老师的夸赞以外，其他功课都不值一提。

  但是我很会玩。虽是女孩，胆子之大却不输男生。我会麻溜地爬上高高的竹竿，坐在粗壮的圆木杠上，举起手臂，幻想着摘下天边的白云；我也会在地上摸爬滚打，练匍匐前进和瞄准射击——小学四年级的时候，我就成了校射击队队员，打个九环十环根本不在话下；我还会在沙泥堆里捣鼓花样：搭建房子小桥，捏出豆包月饼；我更会拉上同学，带着小桶铁铲，一起去钱塘江边捉螃蟹、捞鱼虾、摸黄蚬……

  印象中，我们的家庭作业不多，一般都能在学校里就做完。放学以后，有大把玩的时间，我们可以在操场上或校园里打球、跳绳、跳牛皮筋、踢毽子、躲猫猫；也可以在家门口拍洋片、抽陀螺、丢沙包、跳房子、滚铁环、丢手绢、翻花线……

  我们没有今天的孩子们几乎人人都拥有的手机，自然也不知道什么电子游戏；我们也没有钱买诸如变形金刚、芭比娃娃、遥控汽车等高档玩具，但我们很快乐！

我记得有一个与自己很要好的女生，用一大堆她妈妈裁剪衣服积攒下来的边角零料和碎毛线，制作了一堆手指头大小的袖珍布娃娃，分别用《红楼梦》里的人物给它们命名，并画上精致的五官。她还用纸板盒做出模拟"怡红院""潇湘馆""蘅芜苑"等《红楼梦》中主要人物住的房子，给同学们讲里面的故事。尤其是她制作的金陵十二钗，那叫一个惊艳，连我们的班主任和美术老师都对其精湛的手艺赞叹不已！谁都没有因为她做这些手工常常落下功课而批评她不务正业。

那时候，我们不用上什么辅导班、兴趣班、培训班，也不需要没完没了地刷题，双休日和寒暑假绝对可以自由支配；学校没有考试排名，不分快班、慢班，同学们成绩的好坏，似乎并不太被老师看重；家长更无须为孩子择校想破脑袋——工作忙碌的父母回到家干着自己的事情，用不着为检查作业、辅导功课、签名等一堆事而烦心……

不知从何时起，我们的教育渐渐变了。

"减负"天天叫，学生的负担依然是只增不减。

孩子不再快乐，家长陷入焦虑，老师教书育人的愉悦和幸福，慢慢在各种教学指标的压力下不断减少。

这样的教育，肯定是出现了问题，但问题的症结在哪里？众说纷纭、莫衷一是，虽然大家都认为当下的教育现状需要改变，但如何改变，一时又找不到出口。

在这样的教育大背景下，巴大叔与众不同的教育理念和他开发的山水田园课程，不由得让人耳目一新，尤其是他创建的家庭实验室，在快乐教学中培养了一大批科学小创客，且成绩斐然，这更是令人欢欣鼓舞！

其实，像巴大叔这样的优秀教师，在我们的教师队伍中有很多，只是他们往往像埋在沙土中的珍珠一样，未被人发现、挖掘出来而已。

当我和巴大叔相遇，了解到他的山水田园课程和家庭实验室时，既兴奋，又感动。我意识到：我们的教育，正需要这样的改革者、开拓者！

2021年7月24日，中共中央办公厅、国务院办公厅印发《关于进一步减轻义务教育阶段学生作业负担和校外培训负担的意见》，"双减"的重锤终于砸下。

可以说，巴大叔是"双减"的先行者。十几年前，他就顶着种种压力，负重前行。在大自然的山水田园中，他开着一辆被孩子和家长们称为"神奇校车"的破桑塔纳，开始尝试和践行他的快乐科学教育。而今天，当国家向我们的教育发出改革的呼唤时，巴大叔的教学实践经历，或许可以给我们带来有益的启迪。

让我们走进《巴大叔和他的孩子们》，去寻找一位科学老师的教育脚印吧！

袁敏

2021年8月27日

"山水田园课程"内容的选择，没有局限于具体某一个学科、某一本教材，而是通过对现有教学大纲的研究，在解读不同学科教材的基础上，明确培养目标，根据目标整合身边的资源，打破学科之间的壁垒，将人文、科学、美育等多方面内容融合在一个主题中。让孩子们从贴近自身的生活中，感受知识的力量，体悟对自然的敬畏，引发内心深处对学习和生活的真正热爱，在快乐中学习，在学习中成长。最终的目的，是为了让孩子们成长为一个全面的人而奠定基础。

上篇 巴大叔和他的山水田园

第一章
「巴大叔」其人

巴大叔和他的孩子们

2019年夏天，我在杭州的一所国际学校体验生活。

那时我刚写完《乡村教师》不久，发现自己意犹未尽，对中国教育的现状也如鲠在喉。我又走访了一些学校，接触了许多不同地区和类型的孩子，尤其是去了四川丹巴、青海直亥、贵州黔东南等西部贫困落后地区的几所学校，看到那些虽身处教育资源匮乏之地，却依然阳光积极、励志向上的孩子，感触很深。回过头来，我想再深入了解一下国际学校，看看倡导"中西合璧、全球视野"的精英教育，会具有如何不一样的新思维、新方法。

第一章 | "巴大叔"其人

我去的这所国际学校,据说教学理念十分前卫、新颖,具有国际视野。更难能可贵的是,一些在中国传统教学中不被欣赏的熊孩子,在这所学校里却获得了青睐和改变。

学校从全国甚至海外,网罗了一群很另类的"奇葩"老师,他们的教学,几乎个个都不按常规套路"出牌",而是八仙过海、各有招数,可没想到却深得孩子们的喜爱。

我想做一个潜伏者,会会这些奇才高人。

在那里,我遇到了"巴大叔"。

巴大叔和他的孩子们　☀ ☺ 🪐 🌏 🌙

◎ "巴大叔"陈耀

第一章 | "巴大叔"其人

我是在校园里的水八仙池边和巴大叔相遇的。

水八仙池是我很喜欢的去处。池子不大,镶嵌在学校初高中部两栋灰色的教学楼中间,设计简约,呈长方形,池水清澈,绿意盎然。傍晚时分,临池而坐,凉风习习,看池中八仙子相拥摇曳,很是惬意。

水八仙池名字的由来也很有意思。这所学校的创始人之一是文学中人,且是五代乡厨世家出身,喜欢植物,尤爱水八仙。他最为得意的独家秘籍菜肴,就是"八仙九品汤"。 据说此汤不放一滴油和味精,却清冽爽口,鲜掉下巴。我曾问过这位乡厨后人,为什么"八仙"却冒出了"九品",他说因为其中一仙出二品,莲花不仅产莲藕,还能结蓬产莲子。建校初期规划校园时,他就提议设计了这个池子,并请人在池子里种下水八仙:莼菜、茭白、莲藕、菱角、芡实、水芹、荸荠、慈姑。他说,这八种水中植物是江南一带的传统食材,又叫水八鲜,既可做菜,又可生吃,还可观赏。孩子们读书累了,到水八仙池边坐坐,吹拉弹唱、聊天说笑,就不会想家了。

水八仙蓬勃生长之际,正是这所学校首批学生开学之时。当时,有一件事让新入学的学生和他们的家长都很兴奋:那就是刚刚获得"中国十大科学传播人物"、上了央视和《中国新闻周刊》的陈耀老师,出任了学校少年科学院和少年工程院两院院长。大家都期待着他会给同学们带来别样的科学教育理念。

果然,陈老师上任伊始就有大动作,创建设立了

第一章 | "巴大叔"其人

"创客之夜",打破了住校生一般都在教室里晚自习的传统,让同学们离开书本、走进生活、发现问题、寻觅答案。其崭新的教学内容和另类的走读方式,一下子就吸引了众多孩子的加入,到后来连家长们都纷纷参与进来。

最初有一期"创客之夜"的活动,就是陈老师带领学生在池子边围绕水八仙展开的。两旁教学楼里打出的霓虹灯光投射在池子的水面上,展示出如梦如幻的水幕

◎ 巴大叔和他的孩子们

巴大叔和他的孩子们

电影,而影片的主角就是水八仙;池子四周响起的《荷塘月色》的美妙音乐,更是让孩子们如痴如醉。其时,池中八仙尚缺一位仙子芡实,因为这一植物如今已日渐稀少,很难找到——既无实物可视,名字又是八仙中最冷僻陌生的,孩子们都记不住芡实这一植物。有家长建议给孩子们看照片,不必一定要看实物。而执拗的陈老师连连摇头:"照片和实物能一样吗?"二话不说,他就出了校门。等再次出现在孩子们面前时,他满身泥巴,光着脚丫,手中却捧着一株不知从何处找来的浑身长满锐刺的芡实。原来陈老师早就发现水八仙池中缺失芡实,他利用业余时间走遍了学校周边的乡村田野,甚至跑到了良渚古城遗址的老稻田上,愣是找到一株状似鸡头、浑身尖刺的野生芡实。他知道这株芡实将是水八仙池中唯一的"种子选手",担负着繁衍后代的责任,不能有任何闪失。他怕将这株芡实仓促移栽至此,它会不适应,故一直悄悄地将之养在校外荒野处的一个水塘里。在"水八仙创客之夜",这株珍贵的芡实才露出真容。他告诉孩子们,芡实有一个很好记的别名,叫"鸡头米"。这一下,孩子们不仅认识了芡实,还记住了它的名字。陈老师又请学校食堂的大师傅专门为这次"创客之夜"活动做了和水八仙相关的食物,让孩子们亲口品尝:煮菱角、清蒸慈姑、酱爆茭白、油炸莲藕夹肉、鸡头米莼菜羹汤……舌尖上的水八仙,不仅让同学们了解了传统江南美食及其不同的养生功效,还让他们爱上了植物这门课程。

  我不知道那位提议设计水八仙池的乡厨后人办学者,是否和陈耀老师有知音相逢之感,但他那天晚上受陈老师之邀,特意赶来"水八仙创客之夜"做演讲,显然他们是彼此认同和赞赏的。陈老师用文学的语言鼓励孩子们,用自己的双眼去发现,用自己的双手去实践,永远保持好奇心,张开思想的翅膀,踏上人生的探索之旅,寻找未知世界中无尽的新奇和喜悦。

  那一期"水八仙"现场教学活动之后,"创客之夜"

巴大叔和他的孩子们

名声大振,一大批小创客在学校各个年级诞生,孩子们精灵古怪、神思飞扬的无限创意喷涌而出。

我一到这所学校,就听说了陈耀老师和"水八仙创客之夜"的故事,便想先采访这位不同寻常的老师。

打听到陈老师的电话以后,我便立马拨打给他。第一次无人接。第二次拨通了,电话是别人接的,说陈老师正在做理疗。第三次再打,他又说自己人在医院,另约时间吧。他的声音很寡淡,不像传说中那个活力四射的"大创客"。

一再吃闭门羹,我并没有气馁,反而更加激起了解他的欲望。我决定迂回绕道,先从孩子们口中了解这位陈老师。

可以看出,他是许多孩子心中的偶像,但奇怪的是,几乎没有人叫他陈老师,而五花八门的称谓又会让你觉得,孩子们和这位老师之间尊卑不分、没大没小,

第一章 | "巴大叔"其人

诸如：巴大叔、陈导导、陈淘宝、陈特、耀哥等等。

我向孩子们打听这些称谓的由来，也私底下问过他们，这些称谓有什么特别的含义。孩子们噼里啪啦地告诉我不同的说法：

叫他"巴大叔"，是因为他很像《窗边的小豆豆》里"巴学园"的小林校长，可他不是校长，只是一名科学老师，所以叫他"巴大叔"更亲切；另一种说法是，他常给孩子讲《一千零一夜》里的故事，大家最喜欢听《阿里巴巴与四十大盗》，觉得陈老师就像故事中聪明善良、足智多谋的"阿里巴巴"，于是就叫他"阿里巴巴大叔"，简称"巴大叔"。

"陈导导"的称谓，来自几个航模兴趣班的小调皮，他们都是陈耀老师的爱徒。因为陈老师喜欢研究无人机，经常带孩子们导演、航拍一些"微电影"，这几个小调皮就打趣说陈老师是"假导演"，但比真导演有创意，于是就起哄叫他"陈导"。后来有孩子觉得"陈

巴大叔和他的孩子们 ☀ ☺ 🪐 🌐 🌙

导"容易让人误解成"导师",所以就开始琢磨给"陈导"换一个名字。不知谁最开始叫出了"陈导导",大家都觉得这个称呼双字叠加,顺溜上口、戏谑幽默,于是就叫开了。

"陈淘宝"的绰号是谁起的,已经无人记得,只知道有一段时间,陈老师经常领着学生去垃圾堆里找废弃物,用来做一些科学小实验,美其名曰"淘宝"。这一来,"陈淘宝"的称谓就流行了一阵。而"耀哥"这个亲切的昵称,则是高年级同学和陈老师勾肩搭背、称兄道弟时脱口而出的。在他们心目中,陈老师就像一个会带着他们玩的大哥哥,一点也没有老师的架子,叫声"耀哥",表达了他们视陈老师为"铁哥儿们"的心声。至于"陈特",本来是对陈老师荣获"特级教师"的尊称,可"陈特级"多俗啊!叫"陈特",能让人联想到"特工""特务",这才好玩呢!

还有更多的称谓,孩子们走马灯似的"甩"给陈老

第一章 | "巴大叔"其人

师,陈老师也都来者不拒,一律笑纳,孩子们叫他什么他都应,但他心里最认可也最喜欢的称谓,还是"巴大叔"。

巴大叔到底是何许人也?为什么一名普通的温州小学科学老师,会被这所国际学校任命为学校的科学学科领头人?

深入了解巴大叔背后的身份和业绩之后,我大为吃惊。

虽然在学校公开课的讲台上,你很少能够看到他;在星光闪耀的名师秀场里,他似乎也籍籍无名。但他很忙,从教二十多年,不只在教室里给学生上课,他觉得蓝天大地才是最好的课堂。有人叫他"科学疯子""科学狂人",但更多人称他为"科学独行侠"。每逢周末或寒暑假,这位"科学独行侠"就会带着一群孩子行走在乡间田野上,出没在山水自然中,做各种各样的科学考

巴大叔和他的孩子们 ☀ ☯ 🪐 🌐 🌙

◎ 蓝天大地才是最好的课堂

察和研究，为此他开坏了两辆自己的汽车，踏遍了温州的山山水水。

很久以来，我们鲜少在主流媒体上见到他的名字，《中国教育报》上曾经有一篇关于他原来所在学校科学教育改革的报道，他在其中只是个模糊的背影。

但他却是学生们最喜爱的老师。他亲自辅导过的学生有数千人，他们累计获得了大大小小900多项国家级、省市级科技创新大赛的奖项；他发起成立的"一千零一夜家庭实验室"目前已经发展到两万多个；他在某短视频平台上粉丝无数，影响力遍布全国；他主持设计的"山水田园课程"，改变了一所山村小学的生存状态，让那些曾经对落后、贫瘠的乡村教育心生绝望，几乎想离开的校长、老师们一同坚守下来；他创意搭建的"印象巴学园""创客之夜""茅山论剑"等科学研讨和探索交流平台，吸引了越来越多的学生和家长，参与者与日俱增。

巴大叔和他的孩子们

2015年，他获得了全国每年仅十位的"全国杰出中小学中青年教师"金奖；2016年，他又入选了"中国十大科学传播人物"，上了央视。和他一起获此殊荣的，有两位是中科院物理研究所和国家天文台的研究员，另三位分别是中国科学院、工程院的院士，其他几位的身份是大学教授、医学专家、著名科普作家、科技馆馆长等，只有他是唯一一位来自基层教育一线的小学老师。

他的荣誉和教育成果等身，为什么在这个时代依旧寂寂无声？

这仅仅是一位教育创新的科学老师的个人际遇，还是中国科学教育长期被边缘化的现实缩影？

有人告诉我，这位在不少人眼中特立独行的"科学狂人"，有个天大的梦想，他把实现这个梦想的时间设定在2049年——他希望到2049年，他的学生中能产生诺贝尔奖获得者。他将此称为"2049计划"，而有人则称其为"2049空想"。

第一章 | "巴大叔"其人

◎ 巴大叔带孩子们研究甘蔗的生长

难道这真的仅仅是个空想吗?

空想之中,有没有"中国教育之路究竟该如何走"的深沉思考?会不会带给我们一些别样的启迪?我们能不能从巴大叔的教学探索实践中,找到一些"教育该如何改革"的答案呢?

巴大叔和他的孩子们

等到终于在水八仙池边见到这位千呼万唤始出来的巴大叔时，他的模样和状态都让我有点出乎意料。

他手中撑着一根带着三角底座的不锈钢支架，腰间束着半尺宽的厚厚的护腰带，眉宇紧皱，身子微微倾斜，左手还托着腰。

我问他，你这是怎么啦？

他说，腰椎间盘突出——常年在野外"科考"，老弯腰，把腰伤狠了。最近疼得厉害了，不用支架和护腰，走不了路。

我说，怪不得约你采访那么难，总说在医院，我以为你是矫情，或者是躲我呢！

他笑了，说，躲的成分有一点，我觉得自己也没做什么，没啥好说的。顿了一顿，他又加了几句：你可以多写写我的学生，这些孩子太可爱了，里面绝对藏龙卧虎啊！这不，今天就有学生找我，说水八仙池里出现了绿藻，担心会破坏水质，让我过来看一看。其实，在"水八仙创客之夜"的教学中,我并没有讲到水生植物对水质的影响,更没有提过绿藻,可孩子们思维打开以后,常常会自己去发现更多的问题、寻找答案。这是最让我欣喜的,因为他们开始有了好奇心。

他挠了挠脑袋,又说,我可以先给你提供一份孩子的名单,你去采访他们,一定会大有收获。

我说,孩子们我当然要采访,可是你能不能先说说自己呢?做了那么多年的小学科学老师,教学方法与众不同,培养出来的学生又获这奖那奖的,听说其中还有一些不被传统眼光欣赏的学生。你为什么会选择这样一条教学之路?这条路明显和传统教学方法不尽相同,走得艰难吗?你会不会一直走下去?

在我一连串的追问下,巴大叔紧封的嘴巴,总算被我撬开了一条缝,但他并没有直接回答我的问题,而是先讲起了自己小时候的故事。

第二章

水葫芦·珍珠蚌·神奇校车

巴大叔和他的孩子们

这话得从三十年前说起。

我的家乡位于浙江温州一个叫作"横塘"的村子。为什么叫这名字?可能和村子中间横卧了一个巨大的池塘有关。村东头有一条很宽阔的塘河,水很清,河边挺立着两座巨大的水泵房,水泵把塘河水引进水渠,灌溉水稻田,最后流入这个池塘。每到夏天,池塘里长满了绿色的水葫芦,开着紫色的花,美丽极了。村里人都用煮过的水葫芦喂猪。有时候奶奶煮了满满的一锅水葫芦,飘出奇特的香味,引得我忍不住偷吃,味道好极了。

第二章 | 水葫芦·珍珠蚌·神奇校车

我喜欢水葫芦，不仅因为它漂亮，更因为肚子饿急时，它能吃。那时候，我经常和村里的小伙伴去画田野里、荷塘中的植物，画得都不像。我的爷爷是个特别喜爱孩子的人，他收藏的连环画，成了我和小伙伴们绘画的教材。大家把画有池塘和水生植物的小人书找出来，模仿着画。有一本连环画上还真有水葫芦，我就天天照着书上的样子画。有一天，我突发奇想，用毛笔蘸着颜料，把水葫芦画到了玻璃上。玻璃透亮，阳光照在上面，映射出霓虹般的色彩，大家都说好看，也想跟我学着画。为了寻找玻璃，我们躲在村委会办公室窗户外面，趁没人时偷偷把窗户上的玻璃给卸了。后来被村长发现，我们被罚在太阳底下站了一整天。打那以后，我们不敢再动歪脑筋，只好从村子各个角落搜集废弃的玻璃，常常不小心被玻璃碎片割破手指，但大家既不喊疼，也不抱怨，乐此不疲地在废玻璃上画

巴大叔和他的孩子们

各种各样的植物。画了一段时间，玻璃画积攒多了，大家聚集到我家老房子的楼梯底下，开始一场欢天喜地的演出。我们给每幅玻璃画编了号，给画上的各种植物起了拟人化的名字。有专人拿着手电筒，按编号对着每一幅玻璃画照射，墙壁上就会出现画的投影。还有人专门根据投影的内容，编着故事说旁白，绘声绘色。村里的孩子都被我们吸引过来，一起欣赏我们独创的"图画电影"，一玩就是一整天。

这也是我们最早感受到电学、光学的神奇吧。

2003年，那时我已经是一个小学老师，我发现拿着课本照本宣科，孩子们常常提不起兴趣。我就设想，能否在每个孩子家里建立一个属于他自己的实验室，孩子们可以在里面"随心所欲"，想干啥就干啥，有问题再带到课堂上来解决。当这个念头冒出来的时候，我想到的就是当年我和小伙伴躲在楼梯下，用玻璃画做光学投影实验的画面。

今天，或许有人会把我们当年无意之中做的这个光学实验称为"全课程"，也有人称之为"项目式学习""STEAM 教育"之类的，但我想说的是，**真正的教育，其实都在我们的生活和生产之中**。书籍，是一个纽带，让你学习前人的知识，模仿前人的技能，可真正的发展和创新，还是要将前人的知识和技能沉淀、转化为自己的东西，这样才能使之成为让孩子们终身受用的"宝藏"。

多年后，我想起家乡的那个村子，想起如果没有我爷爷收藏的这么多书籍，我们很多人的童年可能都会乏味，甚至虚度。

爷爷的藏书除了连环画，还有很多技术、文学方面的书。

记得有一段时间，我们那儿有荷塘的村子普遍开始流行养珍珠蚌，我爷爷就去供销社买来关于珍珠蚌养殖技术的书，不仅自己看，还讲给我们听。

村东头那个塘河，是我们夏天泡澡的天然浴池，经常有人从水底下挖到珍珠蚌。

要挖珍珠蚌，就要先学会游泳。为了学会游泳，我可是没少呛过水。不知道从哪一天开始，我居然学会了狗刨式游泳，也学会潜水到河底下寻找珍珠蚌了。

后来，在爷爷的指导下，我跟着他一起养珍珠蚌。由于有书本知识指导，我们养的珍珠蚌肉头肥厚，珍珠成色好、光泽亮，很多诸暨人来村子里收购珍珠蚌，都首选我们家的。我把养的很多珍珠蚌卖给了他们，赚了自己人生第一笔小钱。利用这些钱，我托人去城里买了电池、小马达这些稀罕的物件，又买了讲造船的书和木工手册，敲敲打打造起了小船——因为养珍珠蚌，经常在水上作业，需要有一条自己的船。不久，在全村的造船大赛中，我造的小船拿了第一，小小年纪就成了大家崇拜的对象。

现在回想起来，如果我不是先去塘河里学狗刨式游泳、跟着人潜入水下寻找珍珠蚌，如果爷爷一上来就给我一本珍珠蚌养殖的书，我会要看吗，看得下去吗？可是等我在水里玩的过程中认识了珍珠蚌，了解了珍珠的价值，爷爷再给我讲解珍珠养殖的奥秘，给我看这方面的书，我的兴趣就来了，一有兴趣，自然就听进去、看进去了。

除了科普类的书，我最喜欢的是《水浒传》《西游记》，刚开始看连环画，后来读原著。暑假的时候，大家还会模仿着电视里的人物排练话剧，在院子里自娱自乐地演出。也正是因为演出得配音乐，需要乐器，我就在我三叔的木工房瞎琢磨、穷捣鼓，给大家做了木琴、薄膜小鼓、快板等乐器，真的是不亦乐乎。

书籍，丰富了童年的生活，也让我对老家的乡

巴大叔和他的孩子们

村生活产生了深深的眷恋；**玩耍，则是童年时期引领我走进书籍的一把钥匙**，而把钥匙递到我手中的那些人、那些事，至今我都不能忘怀。

1994年，我从师范学校毕业，来到一所乡村学校。那是一所有八百多人的大学校。最初我教数学课兼自然课，后来发现，自然课的教学内容简直就是我童年生活的翻版，但却没有了我童年乡村生活的鲜活和乐趣。我就向校方提出全职教自然。我当时最直接的想法就是要把自己童年的快乐带给今天的孩子。

因为没有专门的实验室，我就每天待在学校图书馆办公，也在图书馆给学生上实验课，顺便让小朋友借阅自然方面的图书，再让孩子们带着这些书去大自然中探索。在乡村学校的那十年，我的节假日基本上都是和孩子们一起在农田上和山野里度过的。

第二章 | 水葫芦·珍珠蚌·神奇校车

◎ 孩子们在大自然中听巴大叔上山水田园课

巴大叔和他的孩子们

记得刚开始的时候,参加我们这些户外科学活动的孩子不是很多。因为我们的户外活动基本上都是利用双休日和节假日出行,而家长往往会在双休日给孩子们报各种各样的兴趣班、辅导班,哪有时间跟着我东跑西颠呢?

可是渐渐地,参加过活动的孩子都说在野外上课很好玩,跟着老师一起有吃有喝,还可以学到不少知识。最初是孩子们口口相传,后来有些陪同孩子来参加的家长亲眼看到了我的教学方法受欢迎,开始咂摸出让孩子在玩中学的甜头和乐趣,参与的人慢慢多了起来。

那个时候,大家都是靠两只脚走路的,学生们年纪小,路远了,走不动。我带着孩子们走遍了学校方圆五公里的范围,但是想去更远的地方,就没有办法了。

怎么才能让孩子们走进更多的山水田野,更好

第二章 | 水葫芦·珍珠蚌·神奇校车

地融入大自然的怀抱呢？到了工作第九个年头的时候，我有了一些积蓄，自觉具备了一点做小小梦想的底气。我想，要是有一辆汽车就好了，可以带孩子们去更远的地方。用我所有的积蓄买车自然是远远不够的，我只好向家里借了些钱，算来算去，又到二手车市场逛来逛去，刚够买一辆开了六年的桑塔纳。虽然这辆桑塔纳已经跑了十几万公里，车漆老化脱落，后座弹簧塌陷，车身还有两处凹了进去，但我还是咬咬牙买了下来，因为我没钱买更好的车了。

当我将这辆桑塔纳开到孩子们面前时，大家竟欢呼起来，仿佛面前是一辆豪华轿车似的。他们以为，有了这样一辆车，就可以跟着老师去到天涯海角。

可就是这样一辆破车，我还是舍不得经常开，因为开车的费用太高，汽油、过路过桥、轮

巴大叔和他的孩子们

胎磨损更换，都是钱。所以，这辆桑塔纳只有到了节假日，才会派上用场。车子里坐不下太多孩子，我只能从学生中精挑细选，找出最有想法的孩子，带他们去更远的地方做科学考察研究。车子里常常会挤上七八个孩子，我想制止，但看到孩子们渴望的眼神，我能忍心不让他们上车吗？我们去湖里找桃花水母，去山上挖水晶矿石，去田野看油菜花开，去林中听鸟儿说话……做这些自然生态研究，需要大量的参考信息，我们又开车跑到县、市级图书馆去查阅资料。

渐渐地，我们根据各种文献资料、书本知识，结合亲历亲为的考察实验，做成研究报告，拿了很多大大小小的奖。那些乡村学校的孩子，智力一点也不比城里孩子差，而且他们比城里孩子多了接触大自然的机会，视野更开阔，学得更鲜活。他们的创造力和想象力，也许比整天坐在教室里的孩子要

第二章 | 水葫芦·珍珠蚌·神奇校车

强许多倍。野外教学渐渐有了影响力，不少家长也开着车加入我们的志愿者队伍，这样就可以带上更多孩子一起参与。

还有一件我很得意的事情也许值得说一说。那就是孩子们根据一本关于汽车的书籍，群策群力，把我那辆很破的桑塔纳车子改装成了移动的实验室。他们去汽车修理厂讨要各种换下来的汽配零件，尝试着把小液晶屏和 VCD 机子组合在一起，自己改装成了"电影机"，还安上了汽车音响。汽车一开，音乐就飘出窗外，很拉风。而汽车后备厢则被孩子们改造成一个折叠式的小仓库，里面分门别类地装满了大大小小各种各样的实验材料。

有家长对我说，你的桑塔纳就是一辆"神奇校车"，带着孩子们开启了一次又一次的大自然科学大探索。我一想，可不是吗？别看这辆车破破烂烂，还真担得起"神奇校车"的美名。

巴大叔和他的孩子们 ☀ ☺ 🪐 🌑 🌙

记得有一次,我们在大罗山发现了很多水晶石头,大家兴高采烈地把捡到的石头往我车子的后备厢里装。有一块大约一百五十斤的花岗岩,上面布满了水晶,孩子们抬不动,还请了两位农民伯伯帮忙硬塞进后备厢,结果后备厢被压出了一个大洞。从此一遇到下雨天,水就会从车洞里钻进来,后备厢的地毯永远是湿漉漉的,还长了白色的霉斑。

几个孩子由此突发奇想,既然黑暗潮湿的后备厢会长霉斑,那绿豆在里面会不会发芽呢?他们想试验一下,就在后备厢里撒了一大把绿豆,但谁也没有告诉我。

有一天,我打开后备厢时,一下子愣住了:嫩绿的豆芽长满了整个空间,白生生的根茎像一片密密的小丛林,豆芽的根须有力地扎进了地毯,有的甚至还扎入了车子的铁皮,导致后备厢裂开,车子预备轮胎脱落。"始作俑者"还很认真地问我,为什么豆芽的力量会大过铁皮呢？弄得我哭笑不得。

还有一个特别机灵但很调皮捣蛋的孩子，居然把我的桑塔纳车厢变成了他的蟑螂实验室。那段时间，他正在做灭杀蟑螂的实验，很想知道蟑螂在车子这样狭小密封的空间是否也能够生存，便抓了几只活蟑螂偷偷放进车里。结果，他的蟑螂在车里繁殖了好几代小蟑螂，我的桑塔纳成了蟑螂窝，车门一开就会飞出蟑螂。后来，这孩子的蟑螂研究论文拿到了省级科技创新大奖，但是我的车子也被蟑螂毁得差不多了。

类似这样出"幺蛾子"的小实验，在孩子们古灵精怪的小脑袋瓜里真的是层出不穷，我又好气又好笑的同时，不得不对孩子们的异想天开赞叹不已。

时间一长，我的桑塔纳名气越来越大，能跟着这台"神奇校车"出去做户外科学考察研究的孩子，都觉得自己无上光荣，而更多的孩子则纷纷要求加

巴大叔和他的孩子们 ☀ ☺ 🪐 🌎 🌙

入"神奇校车"的队伍。老迈的桑塔纳实在是不堪重负,再也无法完成长途跋涉的任务,只能卖了。卖车的时候,那个买主撇着嘴不屑地说,你这辆破车白送都没人要,就是这块牌照还可以卖几千块钱。

我不知道这辆"白送都没人要"的破桑塔纳,最后"葬身"何处,但我常常会想起它,想起它载着我和孩子们,颠簸在荒郊野外的小路上……

巴大叔说到兴奋得意之

◎ 跟巴大叔走在荒郊野外的小路上

◎ 观察每一株植物,与自然界的生命对话

第二章 | 水葫芦·珍珠蚌·神奇校车

◎ 孩子们跟巴大叔在森林里"科考"

巴大叔和他的孩子们

处,还打开手机给我看他和孩子们在野外实验探究的照片。看着照片中孩子们开心的笑容、专注的神情,我觉得这些孩子真是幸福啊!

我不由得想起不久前,自己在采访中了解到的一个真实的故事。

那是一个才上初二的男孩,由于长相酷似某位明星,上街有不少回头率。

男孩的母亲决定让儿子走文艺路线,便给儿子报了各种辅导班,涵盖礼仪、主持、朗诵、表演、钢琴等课程。这还不够,她又专门找了剧团的导演、演员,上门给儿子做一对一的家教——台词、形体、声乐、小品,轮番轰炸。在这位母亲眼里,这些都是儿子将来成为明星的非常重要的功课,她不辞辛劳地带着儿子,走马灯似的跟着家教指挥棒转场子。

没想到男孩心目中的偶像,不是光鲜耀眼的明星,而是一个早被人们淡忘的公元前几百年的木匠老头——

第二章 | 水葫芦·珍珠蚌·神奇校车

鲁班。男孩从小的爱好就与众不同,他喜欢的是锯子、刨子、曲尺、墨斗,做过不少木头玩具。在同学们心中,他就是一个神人小鲁班。

可母亲说,你玩这些木头玩意儿能有什么出息,充其量也就是个小木匠,你愿意自己将来当个木匠吗?

孩子在妈妈的高压下,不再玩木头,辛苦地上着各种辅导班。可是,有一次他看到了一本廊桥画册,心头着迷,便谎称学校要在暑假里组织去庆元、泰顺的夏令营,母亲也没有多想。

谁知男孩拿着母亲给的钱,自己偷偷去了庆元和泰顺看廊桥。没想到,和几百年前的中国廊桥亲密接触以后,男孩脑袋瓜里早已熄灭的小火花突然又被点着了。他很坚决地向母亲表示,不愿意再上辅导班,也不想听家教瞎掰扯了,他要做自己感兴趣的事。男孩说到做到,他一头闷进自己房间,从床底下找出那些以前玩过的木匠工具,敲敲打打,没几天就捣鼓出一座微型廊桥

巴大叔和他的孩子们　☀ ◯ ♄ ● ☾

模型，全是用手工榫头拼接的，不用一颗钉子、螺帽。

母亲气得七窍生烟，觉得自己为儿子设计的"宏伟蓝图"功亏一篑。一怒之下，她砸了儿子的廊桥模型，还一把火把那些刨子、锯子、曲尺、墨斗等木匠工具烧了。

儿子像一头急红了眼的斗牛，二话不说，当晚离家出走。

现在，听着巴大叔如数家珍地讲述自己的得意门生，看着他手机中那些孩子发自内心的笑容，我不由得慨叹：假如这位小鲁班能遇到巴大叔，他会是什么样子呢？

第三章

白菜花·石公田·山水田园课

巴大叔和他的孩子们　　☀ ☺ 🪐 ● ☾

再次和巴大叔聊天,是在他的科技实验室里。一间四五十平方米的大教室,被各种各样的工具、模型、纸板、电线、泡沫箱、瓶瓶罐罐等杂七杂八的东西塞得满满当当,走进去,几乎没有下脚的地方。

我问巴大叔,学校那么多房子,不能再申请一间教室吗?这也太挤了!孩子们来上课,坐哪里呀?恐怕站都没地方站啊!

巴大叔扫了一眼拥挤的教室,笑着说,这就很不错啦!能给我这么一间大教室放东西,我已经很满足了。我的课基本都在露天上,在教室里反倒无法展开。从这

第三章 | 白菜花·石公田·山水田园课

个角度说，乡村教育其实更适合我。我之所以从温州的乡村小学来到杭州这所国际学校，原本是想寻找更大的平台、更开放的教学思维方式，接触更多类型的孩子，进一步探索研究新的科学教育理念和方法。说到教学条件，现在这个学校比起我当年在温州的乡村小学，不知道要好多少倍，但我反而觉得在这里有点甩不开手脚。其实，这所学校的教学理念与传统学校的比起来已经很前卫了，这也是我选择来这里的理由。可现在我不知道自己的选择是不是对的，我只是常常会冒出回乡村小学的念头。"

"为什么呢？我不解地问。

巴大叔没有正面回答我，而是在手机上给我看了一条"一千零一夜家庭实验室"的短视频，题目是：你见过白菜花吗？

视频中，一个可爱的穿绿 T 恤的小男孩，手中捧着一棵白菜，欢快地奔跑在乡间古镇的一条小石子路上。气喘吁吁的他，嘴里不停地喊着："我找到了一朵花！我找到了一朵花！"

另外一个胖乎乎、戴红领巾、穿夹克的男孩指着白菜大声说："这不是一朵花，这是一棵白菜。看哥哥把它变成一朵花。"

小哥哥做了几个步骤：第一步，将白菜帮剪出切面；第二步，把白菜插入不同的颜料中；第三步，静待白菜发生奇妙的变化。画面中，一棵清爽的白菜渐渐变成了一朵五颜六色的"花"。

绿T恤男孩带着佩服的神情对夹克男孩说："哥哥，你是这条街上最靓的仔！"

巴大叔在视频中发出感慨："我的天哪！白菜居然都能变成'花'，只要肯动手动脑，还有什么不可能的呢？家庭实验，让生活更美好！"

而这段视频下方打出的一段文字，可能是巴大叔更想说的话："儿童语言不会特别准确，在儿童一张白纸般

第三章 | 白菜花·石公田·山水田园课

的认知中,他会觉得他是对的。不要太苛求准确,而要巧妙引导……"

当我还沉浸在视频的情境中时,巴大叔又说,其实,中国科学教育最需要改进的地方,恰恰是在教育资源最好、最集中的大城市。为什么?说句不恭的话,大城市的教育太高大上,孩子们只有"听"的份,没有"动"的份,这种灌输式的教育不是好的教育。**我觉得科学教育的首要任务是让孩子们先动起来,不是从黑板到书本,也不是去死记前人留下的固有知识和科学术语,而是让孩子们动起来,动脑子、动眼睛、动手,去发现、去尝试、去创造!**

现在许多家长想的就是让孩子进名校,进了名校还要想方设法进快班、实验班、尖子班,几乎不考虑孩子的个体性和差异性;而学校和老师们很看重分数和排名,因材施教,带领孩子们去探索社会、自然中的科学,似乎也就无从谈起。其实我最怀念的,是我当年在

巴大叔和他的孩子们

一所只有二十七个学生的乡村小学度过的岁月,那是我从教经历中最快乐的时光。那个小学校也可以说是"山水田园课程"真正起步的地方。

二十七个学生?那几乎只有普通学校一个班半数的学生,和乡间私塾差不多了!你怎么会去那儿的呢?我好奇地问。

一个学校有没有活力,能否培养出优秀的孩子,不在于学校大小,而在于学校的管理者和老师的观念和做法。我在那所八百多人的学校教了几年以后,又去了另外一所小学。那一段时间,日子过得特别郁闷艰难,想做的事情做不了,想教的课程不让教,我几乎都绝望了!

回想起来,是那所只有二十七个学生的乡村小学校拯救了我,让我极度灰暗的心变得明亮起来。你要是愿意听,我给你讲讲?

当一个人压抑到心仿佛被撕裂的时候,你会想

第三章　｜　白菜花・石公田・山水田园课

到的就是寻找一个很僻静的地方，把自己隐藏起来，想一想还能做些什么。

2010年是我教学生涯中很不平凡的一年。那一年，我去了温州永嘉沙头镇一个叫作石公田村的地方，它不仅唤起了我童年的种种记忆，也促发了我作为一个教师的新的梦想。从此，我的生命就和那个村庄交织在一起了。

那个地方早先叫作谢公田村，刚去那里的时候，我并不知道这个村子大有来头，古时候它居然是山水诗鼻祖谢灵运的私家行园。当年，为官正直的谢灵运被朝廷炙手可热的权臣排挤出京，出任永嘉郡太守。遭遇了人生巨大变故的谢灵运，彻底看清了官场的尔虞我诈、钩心斗角，他不再受功名利禄的困扰与影响，开始寄情山水，让自己徜徉在空灵美妙的大自然之中，最终开创了著名的山水诗派，成为山水诗的鼻祖。而周遭的山山水水，也成了谢灵运安放自己心灵的地方。当地的老百姓为了纪念这位大诗人，就将这片村庄取名为谢公田村。

当年各个村子登记名称时，因为当地"石"和"谢"的发音是一样的，而村民大多不识字，而"谢"字笔画又太多，为简单省事，就将"谢"写成了"石"，于是"谢公田"就变成了"石公田"。这么说起来，石公田村的首任村长，应该是山水诗鼻祖谢灵运呢！我们创建的"山水田园课程"从这里起步，或许也是这位东晋大诗人冥冥之中给我们的启示吧！

说到"山水田园课程"，我的一位好朋友、好兄弟朱利锋功不可没。

那年，一直在广州闯荡的朱利锋回到了石公田村。他是本地人，和我是师范学校的同学，毕业后，就在这所石公田小学当老师。乡村学校贫瘠恶劣的生存环境和匮乏的教学资源，让他看不到任何

第三章 | 白菜花·石公田·山水田园课

前景,于是他就跑到广州去做生意了。那时候,乡村小学教师资源流失挺严重的。2010年,当地教育局清理整顿教师队伍,发出通知:在外的教师若不及时归队,将被除名。也许是对教师这个职业还是有一丝割舍不掉的感情吧,朱利锋毅然丢下在广州做得风生水起的生意,回到了石公田小学。他原先的打算是,先在这个穷乡僻壤的乡村小学工作两年,看看情况再说。只是没想到,他不但在石公田一待就是十年,连我也被他吸引过来,并且一下子就被这里的山水风光迷住了。我们一起开发了一系列"山水田园课程",至今还津津有味地做着山水田园的梦。

记得我第一次走进石公田小学,是利锋兄回到学校任教不久,他知道我这些年一直没有离开教师队伍,想请我去他的学校看看,帮他出出主意。电话里,利锋兄的声音听上去有点苍凉。进了那个学校,

巴大叔和他的孩子们

我的心也凉了,学校比利锋兄描述的还要破败。操场是泥巴地,零零落落长了些野草,两个篮球架东倒西歪;校舍是两层低矮的水泥房,教室的天花板多处脱落,下雨天准保漏水;地面是黄泥铺的,坑坑洼洼、高低不平,有的地方还有积水。而最让我吃惊的是,全校当时只有二十七个学生、五个老师。利锋兄吹哨子让孩子到操场上集合,学生全部站在一起,也只有稀稀拉拉的两排,看着好萧索。

晚上,我们把几张课桌拼在一起,利锋兄和学校仅有的几个老师,买了些当地的农家蔬菜,炒了几大盘,大家一边吃一边聊,本该踌躇满志的年轻人,聊起来都是迷茫。

其实,我本来是在自己的学校教学开展不顺利,满腹郁闷,跑到乡间来散心的,没想到这些个同僚的心境比我还"苍凉"。他们说,在这个穷乡僻壤,实在是看不到希望。大家都担心这学校什么

第三章 | 白菜花·石公田·山水田园课

◎ 石公田小学

时候就会突然没了——二十几个学生，塞哪儿不能塞呀？

那天晚上的菜特别好吃，都是刚从地里采摘来的新鲜蔬菜，虽然也就是青菜、萝卜、西红柿什么的，却都水灵灵、甜丝丝的，还带着泥土的清香和青草的气息，味道格外鲜美。

大家开始鸡一嘴鸭一嘴地商议，说农村自己种植的蔬菜这么鲜美，城里哪有这个条件？能不能利用农村特有的资源，来做一些课程呢？大家七嘴八舌的讨论，极大地触动了我。一直以来，我都认为，小学科学教育的核心就是开发学生的想象力。在所有能力中，想象力应该排在第一位。现在的孩子每天都躲在教室里、书本中，看到的就是眼前的一排树，看不到树背后的森林。一切都是现成的、有统一答案的，孩子们只需要端着杯子接水，很少有机会钻进林子里找水。长此以往，怎么会有好奇心？而没有好奇心，如何激发想象力？更不要说实操能力了！在现在的教育下，极少有孩子的想象力是通过课堂教学提升的，老师讲课几乎千篇一

第三章 | 白菜花·石公田·山水田园课

律,教材多少年来一成不变,孩子们提出奇思妙想,基本上都很难被满足。

而在这所山村小学校,我们想做任何尝试和实验,自己就可以说了算,没有人会干预。我在原来的那个小学无法展开的教学,正好可以搬到这里来。我不能忘记自己是老师,是教孩子们读书的引路人。

当年谢灵运能坐拥这片美丽山水,创造出天下第一的山水诗,我们为什么不能依靠这片山水资源,让课本上的内容融进自然风光、生态万物中,打造一些适合乡下孩子的鲜活灵动的课程呢?

"山水田园课程"的名称,就是这样聊出来的。

我们尝试用本土资源和当地特色——土地、乡野、山林、小溪、动物、植物,以及传统习俗、传统饮食、传统服饰、交通工具、农业用具等等,作为课程的资源和内容,用我一直想规划成立的家庭

巴大叔和他的孩子们

实验室做具体的项目化实践和支撑载体，创造出一种新的课程形式——山水田园课程。

现在，"山水田园课程"已经发展成为"一千零一夜家庭实验室"计划课程中的子课程之一。这是当年那个晚上，我们在石公田小学吃着田野里刚摘来的新鲜蔬菜，聊着能不能创建适合乡村孩子的本土特色课程时，万万没想到的。

那一次，我在石公田小学留了下来，一待就是半个多月，回到城里自己所在的学校时，心也还是留在那片山水田园中。这以后，我每周都会找时间跑去那儿，不断地和利锋兄一起探讨我们心目中的"山水田园课程"。

记得我们开出的第一课，题目叫"油菜花的一生"。油菜花开的时候，带着孩子们去学校前面的油菜地中开始观察，从第一个花蕾开始，到最后一个花蕾凋谢，孩子们静静记录下油菜花开花的全过

第三章 | 白菜花·石公田·山水田园课

◎ 凝视一棵油菜花

程，解剖并做成标本；分析油菜花子房的构造，探索胚珠与花粉受精的秘密等等。油菜花开过后，还要继续探索果荚的成长过程，一直延续到端午节临近。收获油菜籽后，我们将它榨油，再用菜籽油做美味的食品，大家一起开开心心过端午。

巴大叔和他的孩子们 ☀ ☺ 🌂 🌐 ☾

◎ 孩子们在学校一角种植新疆棉

第三章 | 白菜花・石公田・山水田园课

就这样，原先四年级科学课中的一节课，被我们演绎成一个长达四个月、活态流动的山水田园课程。这个过程中，语文、数学、美术、音乐、体育，乡村小学现有的各门学科都联合介入、渗透进来，让科学的探索变成一种融会贯通的学习。在这样的学习中，孩子们不仅要写作文、做数据统计，计算每亩油菜花的数量、植株间距和油菜籽产量，还要写生、编歌词、谱乐曲等等。可以说，**山水田园课，是以国家课程作为基础指南，联合各门学科共同参与的一个全人教育课程体系。**

中国的传统节日，也被我们开发成了山水田园课。端午节那一天，学校只上半天课，我们从下午开始，就给孩子们上事先设计的"端午节课"的具体课程，比如《艾草和菖蒲的功效与应用》，探索民间端午节时用这两种植物防疫驱邪的科学原理；《灰汤粽子》，探索稻草灰熬成的灰汤煮出来的粽子,为什么保质期比一般粽子长;《端午节名字的由来》,进一步延伸追寻"端午"是什么,为什么端午节又称正阳节、龙舟节、重午节、天中节;2009年9月,联合国教科文组织因何正式批准将中国的端午节列入《人类非物质文化遗产代表作名录》,使其成为中国首个入选世界非物质文化遗产的节日……端午节这一天,我们还让同学们自己动手砍竹子、做竹筏,去学校附近的小溪里模拟划龙舟。我们在竹筏上给孩子们讲龙舟和粽子,讲楚国诗人屈原为什么在端午节这一天跳汨罗江,讲中国的古诗词和传统文化……

同样,针对清明节、中秋节、春节等中国传统节日,我们也相应地设计出了一系列的课程,灵活地穿插相关的知识点,并有意识地让孩子们自己去书本中寻找答案,逐步培养孩子们主动阅读的习惯。与此同时,我还组织同学们采艾蒿、

第三章 | 白菜花·石公田·山水田园课

做清明团子；用土鸡蛋和山核桃做中秋月饼；练书法、写春联，过年时再贴到村子里家家户户的门上。

我们还利用石公田小学周围有大片开阔地的特点，开设了航模课程，指导学生们制造小飞机、小赛车、小舰艇等，让航模这种比较高端的科技体育项目，在这个闭塞的山村学校得到普及。以前从不知道航模为何物的山里娃子，首次参加温州市中小学生航模比赛，居然就获得了团体第一名，这是非常不容易的。孩子们那个高兴啊！他们站在领奖台上，脸上的憨笑憋都憋不住，因为他们从来没有想过，自己能和那些条件优越的城里孩子一样，被大众所瞩目。

那段时间前后有七八年吧，只要一有空我就会往石公田村跑，那片美丽的山水田园成了我改革科学教学的实验基地，而我的好哥们朱利锋成了我最

巴大叔和他的孩子们 ☀ ☺ 🪐 🌕 🌙

◎ 陈耀带领孩子们制作航模

第三章 | 白菜花·石公田·山水田园课

好的搭档。我们志同道合,理念相近,可能我点子会多一些,但他的操作能力更贴近实际。石公田小学其他几个老师也热情高涨地加入进来,我们有了一个小小的科研团队,大家的心气儿都被燃烧起来,学生们也整天开开心心地追在我们屁股后面,形影不离。一个原本萧条衰败的学校,被我们折腾得红红火火。声名传出去后,甚至有一些城里孩子的家长都来找我们,想把自己的孩子转到这所乡村小学来。若不是学校当时只有五六个老师,师资力量受限,住宿也不好安排,我和利锋兄还真想接收这些孩子,让城里的孩子和乡村的孩子融合在一起,说不定他们还真能擦出不一样的火花来呢!

这么多年过去,我们一直很怀念那一段无拘无束、肆意探索山水田园课程的时光。

朱利锋本来是不想丢掉教师身份,抱着临时观望的想法回来"报个到",随时准备重新开拔的。

没想到，开发山水田园课程，改变了他对乡村小学没有前途的看法，他竟然死心塌地地留了下来，再也没有想过离开。后来他不仅荣获了马云设立的"乡村教师奖"，还当上了石公田小学的校长。

对了，你一定要见见这位乡村小学校长，有机会我带你去石公田小学采访他，他肚子里有很多故事，你一定不会失望！**其实，传统教育体制中的弊端，不是靠个人努力就可以撼动和改变的，需要千千万万的教育工作者的投入、探索和奉献！**

所以，你不要总盯着我，你应该去寻找更多在基层教育一线默默工作着的人。

第四章

山胡椒·金刚犬·袖珍小学

巴大叔和他的孩子们 ☀ ☿ 🪐 ● 🌙

没多久,巴大叔就真的带我去了石公田小学。

我对这样一所只有五六个老师、二三十个学生,却勇敢地迈出了令人慨叹的教育改革探索步伐的"袖珍小学",充满了敬意。

一路上我都在想,朱校长在广州做了十几年生意,放着挣大钱的老板不当,却跑回家乡的山村小学重执教鞭,难道仅仅是因为不愿意放弃教师的公职身份吗?

到了石公田小学,首先映入眼帘的是两棵绿荫浓密的大树,虬枝茂叶,一看就有数百年的历史。在校门口,我见到了等在那里迎候我们的朱利锋校长。

第四章 | 山胡椒·金刚犬·袖珍小学

他面庞黝黑,露出一口白牙,一看就是整天在露天作业的模样。

◎ 朱利锋,既是校长,又是老师

巴大叔和他的孩子们　☀ ☺ 🪐 🌎 🌙

只是我没有想到，出现在我面前的石公田小学，完全没有巴大叔口中描述的红红火火的景象，反倒比他说的第一次看到的那个萧条衰败的乡村小学还要落寞凄凉。虽然四周的山水田园风景确实如诗如画，但小学里里外外已透出一片寒凉。进门处几块金色的牌子还挂着，上面刻着"××园区""××基地"等字样，清楚地告诉你，这里曾经辉煌热闹过，但真正标志学校身份的校牌，却已不知去向。

我们走进学校园区，来到两层水泥房教学楼前，才看到那块长长的白底红字的校牌被扔在教学楼走廊的地上，上面还有几个大大的泥脚印。再往楼里走，一间间教室里的课桌椅都堆在墙角。图书室的玻璃窗七零八落，有的都碎了，有一半多的图书都散落在地上，被水泡涨了的书页污迹斑斑，几台落满灰尘的电脑孤零零地搁在长桌上，显然已经好久没有启动过了。

眼前的一切，不仅让我感到很意外，也让巴大叔一

第四章 | 山胡椒·金刚犬·袖珍小学

脸愕然。看来他调去杭州以后,很久没有来过这里了,学校究竟发生了什么变故,他显然一无所知。

我和巴大叔不约而同、急切地问道,这里发生什么事了?学校怎么成这样了?学生都去哪儿啦?老师呢?

朱校长的回答让我们震惊:学校被撤并了,我和其他几个老师,都被合并到乡中心小学去了。这里的地和房子现在一直闲置着,听说以后要出租给一家酒厂的老板。

那学生怎么办?乡中心小学离这里有几十里地,村子里的孩子去那里上学,路上来回得两三个小时呀!碰上刮风下雨路难走,这点时间恐怕还不够,学生和家长不反对吗?

朱校长苦笑着一摊手,说,我是2010年回来的,当时学校什么样,陈耀最清楚。我把陈耀请来,他帮助我们一起在这里创建山水田园课程,亲眼看着这所曾经半死不活的学校一点一点变样,孩子们一天一天成长,

巴大叔和他的孩子们

我们的教育理念一步一步转化为现实中的课程，慢慢形成体系。本来，我获得"乡村教师奖"后，内心给自己立下了更长远的目标，我相信自己能把这些山里孩子一个个培养成才。可是学校说撤并就撤并。学生还在教室里上课呢，就有人一次次上门看房看地，孩子们的心一下子就乱了。

学校搬迁的时候，老师学生都哭了，大家都很迷茫，不知道为什么好好的一所学校，说撤并就撤并了！

那你到了乡中心小学以后，山水田园课还能坚持搞下去吗？我问。

朱校长没有说话，目光投向了学校四周的远山。蓝天下，青山苍翠，朵朵游移的白云，像给青山戴上了一顶顶帽子，一群鸟儿从我们头上飞过，洒落了一片叽喳声。

巴大叔显然非常了解自己的老同学，他指着校门外一大片绿色的田野对我说，你要是春天来，这里长满了

第四章 | 山胡椒·金刚犬·袖珍小学

金黄色的油菜花,美极了!我们上的第一堂山水田园课程,就是"油菜花的一生",那是我们梦想起步的地方。你说,梦想会幻灭吗?

也许是巴大叔说的"梦想"二字触动了朱校长,在我们准备返程时,一直话不多的朱校长突然开了口:很久以来,农村里的人都往大城市奔,我也不例外,去广州做生意,一走就是十几年。钱是挣了不少,但心里好像还是空的。当年我选择读师范,就是因为心中有一个当老师的梦想。做生意这些年,这个梦想也从来就没有丢过,只不过是被现实挤压在一个小角落里罢了。其实,我们这些生活在农村的人,都忽略了自己身边的美。我这次回来,原本打算过两年找机会再出去的,和陈耀一起开发山水田园课程后,我发现了乡村小学的无限生机。农村孩子的自卑是骨子里与生俱来的,他们觉得自己穷,父母都是种地的农民,智商永远也赶不上城里的孩子。大城市学校拥有的各种优越条件,他们望尘

巴大叔和他的孩子们 ☀ ☯ 🜨 ◉ ☾

莫及。山水田园课程的创建和开发,带来的最大改变,就是孩子们从精神上站立起来了,变得阳光、自信,觉得自己行!这是我没有想到的,也是我觉得超出山水田园课程本身的意义的。我的这些感触曾经形成过一些文字,去领马云"乡村教师奖"的时候,我也做过专题发言,如果你有兴趣,我可以发给你看看。

当天晚上,我就收到了朱校长陆陆续续发来的文字。这些文字的记录,时间跨度很大,内容比较零散,里面的一些数据前后也有出入和变化,但讲述的故事却真实感人。我根据文字中提供的线索,整理出十几个问题,又对朱校长进行了电话采访。在长达几个小时的交谈中,一位乡村校长走过的教育之路,清晰地呈现出来,而在这条路上,巴大叔的身影随处可见。

上面撤并乡村学校,是为了让农村的孩子也能享受和城里孩子一样的优质教育资源,但他们为什

第四章 | 山胡椒·金刚犬·袖珍小学

么就不能发现，今天的农村，也许拥有城里不具备的更好的教育资源呢？

2010年，我离开了做得正红火的生意，回到了自己的家乡永嘉，想重拾教师梦。

我被永嘉教育局重新分配到那座大山环抱的村小——石公田小学。当时学校已经是完小，有六个年级，但只有五名老师，五十多个学生，平均每个年级还不到十个学生。因为只要是条件稍好些的家庭，都已经把孩子送到镇上去读书了。剩下的这些学生，90%以上都是山区农村孩子，其中绝大部分来自于生活贫困的单亲家庭。永嘉山区穷，也没什么挣钱的路子，许多青壮年外出"弹棉花"，而他们身上"温州人"的金字招牌，让不少外地女人跟着"棉花郎"远嫁而来。来了以后她们才发现，真实情况并不像人们传说的那样美好。于是，这些女人生完孩子后"跑婚"，成了当时永嘉山区一带特有的现象。而她们撇下的孩子，大多由爷爷奶奶带大，成长过程中缺失父爱、母爱。

一直以来，这些孩子都是社会各界爱心人士的资助对象，每人每年基本上都能收到价值两千元左右的物资捐赠。有这么多爱心力量的关注和支持，我原以为他们是幸福的，但深入观察之后我却发现，事实并非如此。频繁的物质馈赠，让孩子们逐渐养成了不劳而获、无偿受助且对此觉得理所当然的心理；生活条件的改善，也并没有激起他们的读书动力，等、要、靠，成了他们无休止的企盼。

有一次，学校又要来一批捐助人，消息很快就在村里传开了。第二天，孩子们来学校的时候，几乎都穿得破破烂烂。有几个学生穿的衣服比头一天还要脏还要破，裤子屁股上打着大补丁，鞋子露出脚指头。一了解，原来是他们的爹妈让换的，说穿得越破越脏，越容易让人家同情。这让我很吃惊！

第四章 | 山胡椒·金刚犬·袖珍小学

家长都这么想，孩子会怎么样？

那天捐助人走进学校时，孩子们呼啦一下冲出教室，毫无羞耻之心地站在阳光下，脸上带着迫不及待的欲望和心安理得的坦然，让你清楚地意识到，无偿获取和接受捐助的想法已经深深地烙在他们心中。

"人之初，性本善。"这些孩子原本洁白无瑕的心灵，已经在不知不觉中染上了尘埃。相比对钱和物质毫不掩饰的欲望，他们脆弱的心灵却又承载着深深的自卑，当有城里孩子过来联谊的时候，我们学校的孩子总是怯生生地躲在老师身后，不敢和城里孩子交流，甚至不敢表达自己的想法。我能感觉到他们那小小的心，卑微地缩啊缩，缩到了一个小小的角落里，让人看了心疼。

我想要去改变他们，但是自己离开教师这个行业太久了，一时不知道该从哪里下手，心里很焦灼。

巴大叔和他的孩子们

那年秋天,我的老同学陈耀过来看我时,学校只剩下不到三十个学生,家里条件有所改善的孩子,陆陆续续都走了。

虽然多年没见,但我一直在江湖上听到陈耀"巴大叔"的名号,有说他是"科学狂人"的,有说他是"独行大侠"的,但不管如何传说,在我心目中,他还是当年在师范学校和我睡上下铺的铁哥们。他智慧、前卫,有激情,有创造性,尤其是他的特立独行,说明他有满脑子与众不同的教育理念,正好给我开开窍。

那一次,陈耀在石公田村待了好多天。我告诉他学校和孩子们的现状,倾吐了自己内心的苦闷和困惑,跟他一起商量探讨,能用什么方法去改变这些乡村孩子的价值观。陈耀也毫无保留地倾诉他在自己学校开展科学教育课程中遇到的艰难和阻力,许多想法无法实施。他觉得石公田村像一片隐匿的

第四章 | 山胡椒·金刚犬·袖珍小学

世外桃源，或许我们可以共同尝试做一些事情，把这里当作实现自己教育理想的实验园。

陈耀说，这里的山山水水太好了，得天独厚。我们要让孩子们明白，一个人必须自强自尊，不能老想着别人的恩赐。你们守着这样好的一片天然宝地，为什么还要捧着金饭碗讨饭？读了书，掌握了各种知识和本领，你们才会有截然不同的人生！

陈耀还对我说，在师范读书时，你就是学校里的航模高手，石公田村有那么开阔的蓝天，那么空旷的田野，你为什么不带领孩子做航模，激发他们学习科技知识的兴趣，以此打开突破口呢？

我一想，对呀！读师范时我曾是航模科研方面的能手；在广州做生意时，我也没有放弃这个爱好，一直在做航模玩具批发。现在如果能从自己的强项——航模入手，让从未接触过这个领域的学生进入一个完全陌生的天地，对我而言，驾轻就熟；

巴大叔和他的孩子们

对孩子们来说,或许真是一条提高他们学习兴趣的路子呢。

在陈耀的鼓励支持下,我开始挑出第一批孩子,对他们进行航模制作和操作实践的训练。从最初开设航空课堂,普及最基础的航空知识,到讲解航模类型,介绍航模结构;从看着他们笨手笨脚地尝试制作飞机模型骨架,到放手让他们尝试一步一步为航模装上飞翔的羽翼;我耐心指导他们学会给航模调试重心,校正方向,最后潇洒地放飞。孩子们对航模表现出来的浓郁兴趣,大大超乎了我的想象。更让我兴奋的是,航模打开了同学们求知的大门,他们上课时慢慢地变得专注,提问题也越来越主动。

等孩子们的水平逐渐提高后,我决定带他们走出大山,去参加温州市举办的青少年航模比赛,与城市孩子同场竞技、一决高下。当我将这个想法告诉孩子们时,他们觉得老师疯了,他们从来没有想过,自己能进城,去和城里的孩子们一起参加比赛。他们真的可以吗?

我努力让孩子们相信,你们不比别人差,比赛输赢不重要,重要的是参与,并在参与中对自己树立信心!

那一次,我带领四个孩子到温州市参加市级航模锦标赛,从石公田小学到温州市的车上,孩子们头一次看到大山以外的景色,兴奋极了。这是什么楼?究竟有多高?马路好宽!车速好快呀!前面的灯为什么一会儿红一会儿绿……一路上,孩子们哇哇的惊叹声此起彼伏,问题一个接一个,虽然脑袋被吵得嗡嗡响,但是看着他们开心的笑脸,我觉得格外幸福。

到了赛场上,没有见过这种大场面的孩子们还是紧张得不得了。我坐在边上,看着他们小脸煞白,

巴大叔和他的孩子们

小手不停地在裤子上做擦汗的动作,其实我心里也没底,和孩子们一样紧张。很明显,孩子们表现出严重的信心不足。我问孩子们,你们怕什么?孩子们说:"他们那么多人,我们人这么少,能行吗?"

看着这几个孩子细致地制作飞机模型,摆弄得那么熟练,额头上却不停地冒汗,我佯装轻松,笑着给他们打气:"你们不试试,怎么就知道自己不行呢?""你们经过了那么长时间的严格训练,在学校做得很好,正好在这样正规的比赛中证明自己呀!"孩子们听了我的话,互相鼓励,捏着小拳头彼此加油。

比赛结束后,石公田小学代表队参赛的三个项目,均获得温州市青少年航模大赛的三等奖,团体总分还获得了第一名。这样优秀的比赛成绩,在温州的乡村小学中还是破天荒头一次,这给了孩子们极大的信心和鼓舞。

第四章 | 山胡椒·金刚犬·袖珍小学

从此以后,孩子们不再畏缩怯场,而是乘胜追击,不断地在各种航模赛场上露脸,并且频频拿奖。学校里参与这项活动的同学也越来越多。2013年,石公田小学六年级参加航模大赛的所有孩子,先后拿下了温州市的前三名。这充分证明,石公田小学作为一所大山里的村小,孩子们虽然接触外界的机会少,不可避免会羞涩胆怯,但这并不代表他们不聪明、不优秀,或者能力不够。我们把他们领入到似乎只有城里孩子才能享有的特殊资源和机会里时,孩子们的蜕变是惊人的!这崭新的教育成果,不仅让孩子们自己惊诧,也给我带来了信心和力量。

航模课程初战告捷,让我们对其他传统教学课程的改革也动了念头。

那段时间,陈耀几乎每个星期都会来石公田小学,像是我们学校的编外教师。他头脑灵活,奇思

巴大叔和他的孩子们

妙想层出不穷，常常给我们带来很多的启示。

孩子们长期生活在闭塞的大山里，缺失太多的东西，我和陈耀发现"一刀切"的公共课本教材，并不完全适合山乡里的特殊孩子。他们父母大多没文化，家庭教育几乎空白，很难做到家校互联。所以我们尝试对传统教学模式进行改革，逐步开发了适合石公田孩子的、以科学串联其他各门学科的"山水田园课程"，希望孩子们在身心愉悦地享受快乐童年的同时，潜移默化地接受知识的熏陶。我们把教材里的内容融合到大自然的环境里，不是去灌输，而是不动声色地让知识渗透到孩子们的脑袋瓜里。

从哪里切入好呢？我和陈耀探讨了很久。最后我们商量，能不能就地取材，让孩子们从学会尊重生命开始？

这个命题好像有点大，但我和陈耀都觉得，现在的不少孩子正缺失这一课。

第四章 | 山胡椒·金刚犬·袖珍小学

选材对于都是农村出身的我和陈耀并不困难，村子里随处可见的是散养的土鸡、土狗，于是我们决定从它们身上入手。

我们首先给学校新添了一个小伙伴，那是一条小母狗，我们却给它取了一个很"man"的名字，叫"金刚"。金刚刚来学校时，孩子们开心坏了，大家都自告奋勇要来喂养它。为了能让所有的孩子都参与到小狗狗的生命成长过程中去，我们决定让每个年级的同学轮流喂养，包括打扫狗窝、清理粪便、按时遛狗等等。过了一段时间，金刚要做妈妈了，我们让孩子们注意金刚怀宝宝后生理上的变化，仔细观察它如何分娩。诞下小狗崽的那一刻，孩子们都惊呆了——金刚流了很多血，但它一口气生了六个小宝宝！认领、抚养小狗，就是给孩子们的奖励。有一次，孩子们恶作剧，把金刚的宝宝藏起来，金刚四处寻找，紧张地喘气，吠声里透着焦

◎ 冲出校门，冲向田野

巴大叔和他的孩子们

虑。孩子们看着金刚在慌乱中找到藏在高高的柜子上的狗宝宝，又无奈够不着，满眼的哀伤让人心颤。一种从未有过的沉重在孩子们中间扩散，他们共同讨论决定，把狗宝宝还给金刚，并相约以后再也不和金刚玩这样的游戏，因为他们突然明白了母爱的伟大。这次藏狗宝宝的恶作剧，带头者是一个三年级的小男孩，事过之后，他还专门摸着金刚的脑袋，真心诚意地向金刚道了歉。金刚的狗宝宝后来被村里的老乡们一个个抱走了，但孩子们坚持为金刚留下了一个儿子。他们说，母子分离太残忍了，如果一个孩子都不给金刚妈妈留下，它会伤心死的。打那以后，金刚和它的儿子成了同学们最好的朋友。每次外出去大自然中上课时，金刚和狗宝宝总是冲在最前面，为孩子们开道，扫清障碍。学校里以前经常有蛇出没，有了金刚之后，学校里再也没有蛇了。

第四章 | 山胡椒·金刚犬·袖珍小学

◎ 孩子摸着"金刚"的脑袋,向它道歉

巴大叔和他的孩子们

要想让孩子尊重生命，就应该让孩子参与到生命的成长中去。

在同学们对生命有了初步的感知之后，我们又开设了饲养小鸡的课程。我们让每个孩子认领一枚鸡蛋，各自标好记号，然后让他们一天天、一点点地仔细观察鸡蛋的变化，直至水到渠成，小鸡破壳而出。在生命酝酿和孵化的漫长过程中，孩子们亲历和见证了这一切，被深深地震撼了。有些小朋友的小鸡孵化失败，同样一枚鸡蛋，却变成了死蛋，从他们的小脸上看到的是希望最终落空的沮丧与落寞。不久，在照料小雏鸡的过程中，又发生了意外。有一只本来活蹦乱跳的小雏鸡生病了，先是拉白色稀汤粪便，后来不幸离世。小主人捧着小雏鸡的尸体，痛哭流涕，他深深感受到了生命的脆弱。这之后，我们再和孩子们讲述如何珍惜生命，自然而然就不再是空洞的

第四章 | 山胡椒·金刚犬·袖珍小学

说教,而是一种真真切切的体悟。有些父母外出打工的孩子,因长期缺失父母关爱、性格变得孤僻冷漠,在养育小鸡的过程中,他们人性深处的柔软开始慢慢复苏,性格逐渐变得开朗。

我们还在学校里养了许多不同品种的鸽子,最多的时候有一百多只,四五个不同的品种。这些鸽子清晨会飞出去,傍晚时分会飞回来。最奇妙的是,孩子们课间在操场上嬉笑奔跑时,只要朝天空吹响口哨,鸽子们就会成串地飞落下来,啄食孩子们为它们准备的各种杂粮和时鲜蔬菜。鸽群中有一对雪白的鸽子是孩子们最喜欢的,它们一公一母,身上没有一根杂毛。两只鸽子显然是一对恩爱夫妻,几乎形影不离。有一年黄梅时节,两只鸽子飞到茂盛的杨梅林里啄杨梅,孩子们也跟着鸽子跑进了杨梅林。没想到他们亲眼看到天空中飞来一只老鹰,凶残地咬断了母鸽的脖子。母鸽还来不

巴大叔和他的孩子们 ☀ 🌍 🌙 ● ☾

及向公鸽发出求救声,就坠落在地,没了呼吸。当这弱肉强食的凶残一幕在孩子们面前上演时,他们都哭了。公鸽子一直在杨梅林上空盘旋——它在寻找母鸽子。孩子们知道公鸽子伤心,纷纷给它找来好吃的,争先恐后地喂它,可是公鸽子一口也不吃。一连七天,公鸽子早出晚归,不停地在杨梅林上空哀叫,回到学校,就在校园楼顶驻足望着远方。直到第七天,公鸽子突然飞起来,扑扇着翅膀飞向操场,一头撞在篮球架上,再也没有起来。孩子们把公鸽子和母鸽子合葬在校门外的那棵大树底下,他们相信这一对恩爱的夫妻会在天堂长相厮守。

记得那一天,我就在大树底下埋葬鸽子的地方,给孩子们讲述大自然中有哪些动物对爱情最忠诚、最坚贞。不承想有一个学生

第四章 | 山胡椒·金刚犬·袖珍小学

◎ 朱校长和孩子们一起给学校里的鸽子喂食

说，可惜这对爱情忠贞的白鸽没有诞下宝宝，否则，它们的爱情就有了结晶，它们的生命就有了延续。我当时很震惊，没想到这个平时沉默寡言、从来不肯在课堂上发言的孩子，能说出这样一番话来。

生命与爱的教育，在我看来，应该是潜移默化、润物细无声的。孩子们和动物的亲密相伴，让人和自然日趋紧张对峙的关系慢慢变得缓和，也让孩子们在抚养动物的过程中学会了关心课堂以外的东西。教育就是在这样潜移默化的认知中，一点一滴地渗透进孩子的心灵。

农村还有好多事情，是我们无法想象的：曾经学校有两个孩子头上长了虱子，其中一个孩子的奶奶把农药涂在枕头上，本意是想消灭虱子，结果孩子睡着觉就中毒了，第二天早上才发现，赶紧送医院抢救；还有一个孩子不小心吞下了一只蟑螂，他

第四章 | 山胡椒·金刚犬·袖珍小学

奶奶怀疑蟑螂在孙子肚子里还活着,马上给他吃下了蟑螂药,结果他被送去医院灌肠。这样的例子在我们看来简直匪夷所思,在农村却屡见不鲜。说到底,还是没文化造成了村民们缺少最基本的生活常识,这是很令人心酸的,也是我们不愿意在今天的农村孩子身上再看到的。

可是,常识,往往又是生活中很平凡的事情,平凡到你可以视而不见,但它其实却又无处不在。我们不能忽略常识,虽然它一时间可能没有什么重大意义,但日积月累,那就是一片知识的海洋!

在一次山水田园课中,我和孩子们爬上了一片山坡。也许是季节已进入深秋,四周都是枯黄的茅草和灌木丛,没有春天里的满眼青翠和野花鲜艳。同学们似乎有些扫兴,情绪不高,脚步都有点沉重。

突然,不远处有一抹鹅黄照亮了我的眼眸。这

巴大叔和他的孩子们

是什么植物？好漂亮！不待走近，它散发出来的带点刺激的香味就提醒了我——它是山胡椒！我疾步上前，一丛山胡椒随即闯入了我的眼帘。野生的伞状胡椒，颗粒饱满，密密麻麻挤在一起，发出的香气和我们平时食用的花椒相似。它和柴草们为伍，是常被山民用来烧火的。

同学们都蜂拥上来，围住这枯草丛中的一抹鹅黄，细细观察鹅黄色下长满青绿色籽儿的山胡椒，七嘴八舌着。清冽的胡椒味的刺激，让大家觉得神清气爽。

有一位同学告诉大家，他奶奶说，做豆腐的时候如果用这种植物当柴火烧，豆腐就会凝结不起来。农村里确实一直都有这种传言，同学们有的相信，有的不相信。

我问这位同学，你有没有亲眼见到过？他说没有。我又问他，那你能确定你奶奶的说法正确吗？

第四章 | 山胡椒·金刚犬·袖珍小学

◎ 朱校长带孩子们走进大山

他说不能。我再问大家，那我们有没有办法去验证这位同学奶奶的话？同学们一致认为：实践出真知，我们可以亲手做一次豆腐，就用山胡椒当柴烧，看看做出来的豆腐能不能凝结。

101

巴大叔和他的孩子们

本以为这一趟乏味的爬山，也许上不成山水田园课了，没想到一棵普普通通的山胡椒，让那一天的山水课"起死回生"。

说做就做。回到学校，我就去为同学们准备了黄豆，让他们进行实验。孩子们找来各种各样的植物做柴火，分别做了实验。大家自觉做好分工，磨豆腐、烧火、观察、记录……最后得出的结果是：用山胡椒烧火，豆腐不仅能够凝结，而且同样分量的黄豆，出豆腐的产量反而比用普通木柴烧火的更高。

有了实验结果，我就引导孩子们讨论在农村形成"山胡椒烧火，豆腐不能凝结"这一传言的成因，同学们亲手做的实验又怎么打破了这一传言，进而研究分析山胡椒和其他植物的差异性，以及查找出山胡椒自身还有哪些其他的作用和功效。同时我还鼓励孩子们把这个实验过程和最终得出的结论写下来，整理成一篇论文。后来，这篇论文获得了当年永嘉县科技创新大赛一等奖。孩子们也在课程中学会了如何用科学原理去思考和解决生活中的困惑，如何去书本中寻找问题的答案。学习的主动性不知不觉地在孩子们身上形成，他们学习更多知识的渴望也变得越来越强烈。

在不断探索、开发山水田园课新选题的过程中，我们惊喜地发现，乡村里有太多丰厚的自然资源可以用来教学，而且我们完全可以打破学科与学科之间的壁垒，将语文、数学、音乐、美术、科学等学科里合适的内容，融合在一堂课上。

我们学校四周的大山里随处可见的茂密竹林，就是一本天然的大书。我们开设了竹子课，并给这门课取了一个令人遐想的名字——《会唱歌的竹子》。民间流传竹子一年才长一厘米，这与平时孩子们在大自然中亲眼观察到的不一样。他们质疑这

巴大叔和他的孩子们　☀ 🌍 🪐 🌑

个约定俗成的定论，于是在自己细致观察的基础上，反复论证，推翻了这一定论，从而锻炼了自己的批判性思维。有了对竹子生长正确的科学论断，我又给孩子们讲解人称"四君子"的"梅、兰、竹、菊""傲、幽、坚、淡"的品质，以及中国人为什么愿意用"四君子"来借物喻志、负载真情。尤其是竹子，在中国传统文化中地位很高，是君子高风亮节的象征，这么一讲，语文课的内容就融进去了。而让孩子们了解一座多少面积的大山，一年大约能长多少棵竹子、一棵竹子一年又能长多少棵笋，笋一天能拔节多少厘米，同时教他们计算，这又是数学课的知识；教孩子们用竹叶吹出美妙的乐曲，音乐课的内容就有了；让孩子们到山上的竹林里，面对真实的竹子进行写生，还可以构思画出竹子图，美术课也上了。

类似这样的例子还有很多……

第四章 | 山胡椒·金刚犬·袖珍小学

相比城市，乡村自然教学资源更加丰富，山川、河流、田野、村庄，每一样都可以成为生动形象的教学资源。油菜花开的时候，我们组织孩子们一起到田野里画油菜花，观察花、叶的经脉和油菜花生态群等，观察和记录其生长周期，做自然笔记。清明时节，老师学生一起到山间采棉菜①，做棉菜饼。在做的过程中，让孩子们思考怎样才能做出美味可口的清明饼，其关键因素是掺水的技巧，还是棉菜与糯米粉的比例，或者是人捣的力度？我们还鼓励孩子们充分发挥想象，大胆创造不同造型的棉菜饼。春天细雨缠绵时，让孩子们冲进雨中，体验春雨霏霏和大雨倾盆带来的不同感受，区别不同季节的雨水特点。冬天雪花纷飞时，让孩子们近距离细致地观察雪花，

---

① 棉菜是温州话的叫法，学名是鼠曲草。

巴大叔和他的孩子们 ☀ ☺ ☁ ● ☾

◎ 白雪纷纷何所似

第四章 | 山胡椒·金刚犬·袖珍小学

使他们明白,世界上没有两片相同的雪花。竹子拔节、笋尖冒头时,让孩子们去竹林里挖笋,中午让食堂做一大盆油焖笋,体验"舌尖上的石公田"。运动场上,孩子们像跳跃的精灵,但是学校操场上光秃秃的,什么都没有,我们就和孩子们一起自己动手做球门,从球门颜色的确定、材料的选取,再到框架结构的固定,一切都由孩子们自己做主。

在这些课程活动中,孩子们总是叽叽喳喳说个不停,欢快的笑声不断传送到耳中,从详尽生动的自然笔记,到叙述流畅的课堂作文;从砍竹小能手、棉菜饼小厨师等能工巧匠的脱颖而出,到团队合作,集体做出漂亮的竹筏出航,漂流楠溪江……孩子们小小的身体中蕴含的巨大能量,让人惊叹!

在一系列山水田园课程的浸润下,孩子们的思维越来越活跃,提出的问题也越来越复杂,有些问

巴大叔和他的孩子们

题连老师一下子都回答不上来。为了能够更好地应对孩子们的好奇心和发散性思维，老师们必须不断地拓展自己的知识结构，加大各个门类学科的阅读量，增加知识储备，同时对将要展开的课程教学，也必须提前做大量的功课。在这过程中，老师的成长也是非常明显的，真正做到了师生共同成长！

如今，"山水田园课程"越来越受到师生的喜爱，日积月累，慢慢形成了逐渐丰满的活态的教学体系，虽然还很稚嫩，但显现出无限生机。

孩子们也在这些学习的过程中，逐渐认识了自己的家乡其实很美，身边的山山水水都蕴藏着取之不尽、用之不竭的财富。他们打消了从前总想着等待外来捐助的欲念，感受到"有劳而获"的喜悦，体会到自信带来的乐趣。他们的小脸上洋溢着阳光的笑容，人生也开始有了方向，这恐怕是"山水田园课程"更深远的意义。

第五章

消亡和诞生

巴大叔和他的孩子们

当我将采访朱校长后自己得到的一些感悟和巴大叔交流时,巴大叔说:

"山水田园课程"内容的选择,没有局限于具体某一个学科、某一本教材,而是通过对现有教学大纲的研究,在解读不同学科教材的基础上,明确培养目标,根据目标整合身边的资源,打破学科之间的壁垒,将人文、科学、美育等多方面内容融合在一个主题中。让孩子们从贴近自身的生活中,感受知识的力量,体悟对自然的敬畏,引发内心深处

第五章 | 消亡和诞生

对学习和生活的真正热爱，在快乐中学习，在学习中成长。最终的目的，是为了让孩子们成长为一个全面的人而奠定基础。

这些农村的孩子接触"山水田园课程"以后，从最初的迷茫自卑、不思进取，慢慢转变成阳光自信、热爱校园，每一天都快乐地参与到学校的生活

◎ 疫情期间，巴大叔和孩子们在一起

巴大叔和他的孩子们

学习中,并且逐渐懂得自强自立,从一片混沌到形成自己清晰的人生理想和规划,有了长久的自我完善和发展的内驱力。

教育,应该回归到对人的培养;教师,不只是教书,更是育人。大自然是最好的课堂,而"山水田园课程"则是大自然最好的馈赠。山水田园课程从来不属于哪一所学校,也算不上是完整的自成体系的教材,它只是我和朱校长在石公田小学这块实验园里,进行的一种教育形式的改革尝试。

现在,石公田小学被撤并了,原来的校区也荒废了,但我们的教学改革实验并不会停止。消亡和诞生,从来就是相辅相成的。朱利锋现在去了乡中心小学,也不当校长了。但即便是作为一个普通的老师,我相信他也不会放弃自己心中的梦想,不会丢下"山水田园课程"的进一步实验和开发。

说到底,"山水田园课程"只是一个称谓,我

第五章 | 消亡和诞生

们真正想秉承和弘扬的，是一种独立探索科学的精神。

中国现在的小学科学教材并不完全适合儿童：**第一，教材内容很多都不是孩子身边的事，过于遥远，过于抽象；第二，有些内容难度偏大，趣味性不足；第三，教材对孩子好奇心的激发不够，过于理性**。我始终认为，在编写教材的过程中，应该把孩子们的能量发挥出来，其精彩程度，是可以让成人目瞪口呆的。

我现在虽然又回到了城市里的学校，石公田这样的乡村小学离我越来越远，但它在我心目中的位置从来就没有改变。我更不会丢弃"山水田园课程"的核心精神，而会让其更好地渗透到目前我正在做的一系列科学课程研究中去。

我后来逐步创建的"印象巴学园""一千零一夜家庭实验室""苹果树之友家庭实验室社区"等，

巴大叔和他的孩子们

包括来这所学校后,在"创客之夜"基础上兴建的"创客之家",其实都是在"山水田园课程"之路上的延伸,也是针对各种不同层次、不同对象的科学教育的交流平台。越来越多的"小创客"正在从这里脱颖而出。他们精彩纷呈的无限创意,让我脑洞大开,惊叹不已!

写完这篇稿子的时候,距离我最后一次见到巴大叔,已经过去了几个月。期间,一场让整个世界猝不及防的新型冠状病毒肺炎疫情,疯狂肆虐全球。难以计数的人被感染,成千上万的人死去,人们对自然界的未知心生恐慌,但同时也对探索大自然的未知有了一种紧迫感。

我和巴大叔通视频电话时,他正带着孩子们在野外考察。虽然视频中可以看见他和他身后的孩子们都戴着口罩,但从他们欢快的眼神,以及手机中隐隐约约传来

第五章 | 消亡和诞生

◎ 孩子们在田间地头

的孩子们叽叽喳喳的说话声中,你可以感觉到,疫情似乎对他们在大自然中开展山水田园课程并没有多大影响。

巴大叔告诉我,他已经离开了那所国际学校,回到了温州,他觉得自己还是离不开这里的孩子们。疫情期

巴大叔和他的孩子们　☀ ☺ 🪐 🌑 🌙

间，几乎所有的学校都停课了，但他的山水田园课却一直在进行。他身边的孩子和家长越来越多，许多路远的、外地的，无法面对面授课，他就在线上和他们交流。他现在有七八个微信群，开了微博，在短视频平台有直播间，直播了一些野外的山水田园课后，一下子就吸引了大量粉丝。

巴大叔说，大自然就是我们的课堂，山水田园就是天然的教材，你只要从中撷取一根枝叶、一滴水珠、一片云彩、一缕阳光，你就会在不经意间走进一个未知的缤纷世界。可是这么多年来，人类在许多时候和大自然都是对峙的。其实在我看来，这次新冠疫情的全球爆发，很有可能是大自然对人类的报复，或者说是一个严厉的警告，你信不信？

巴大叔的话让我无言以对。这么多年来，人类对大自然的无度索取和疯狂掠夺，确实是令人深深担忧的。人和自然之间的平衡开始被打破，挥霍和透支子孙后代的生态资源，成了不争的事实。而在这种索取和掠夺的过程中，人与人之间的互相争斗、彼此算计，渐渐成为常态；从前流淌在人世间的那种温情、善良与美好，离我们渐行渐远……

巴大叔和他的山水田园，或许能让我们对人与自然的关系，重新进行思考，也会让今天的孩子们在认识自然万物的同时，折服于蓝天、大地、宇宙的广袤与浩瀚，同时学会很久以来被我们淡忘的品质：善良、真诚、勇敢、坚强、不畏强暴、扶助弱小、疾恶如仇、从善如流……

也许那时候，他们会发现，自己一直看重和追求的考试成绩、分数排名、名牌学校、出人头地，原来没那么重要；他们会意识到，自己的未来，其实有许许多多的可能性。

"家庭实验室"慢慢地形成了具有科学特色的项目式学习特征：第一，有明确的实验任务需要完成。第二，学生自主进行探究，不受老师的干预。第三，每一项实验最终都要有成果并公开展示。第四，项目利用学校课程教学以外的业余时间在家里进行，鼓励家长参与其中。事实上，家庭实验室可能会是家长和孩子之间的润滑剂，孩子在做实验中减轻压力、家长在陪伴中舒缓心情，不仅彼此的沟通可能变得顺畅，更重要的是，让学习知识不再沉重，变得快乐。

下篇　家庭实验室的创客们

第六章　一千零一夜家庭实验室计划

巴大叔和他的孩子们

有一天,我在巴大叔领衔的"家庭实验室全国联盟学校"和"苹果树之友家庭实验社区"微信群里,先后看到了一条同样的信息:

2020年温州市青少年"科学3分钟"演讲邀请赛报名

这个大赛由温州市科协和温州市教育局共同主办,家庭实验室全国联盟学校协办,比赛主题是"讲述你科学探究背后的故事"。因为还在疫情期间,本次比赛采

第六章 | 一千零一夜家庭实验室计划

用视频演讲的方式,由参赛者自行录制视频,时长为三分钟。

没想到几天以后,巴大叔的几个微信群就开始热闹非凡,一段段三分钟左右的短视频陆续登场。我点进去看了几段视频,觉得很有意思。孩子们的奇思妙想令人脑洞大开,更重要的是,那些怀揣科学梦想的同学们,在演讲视频中呈现出来的自信、阳光、快乐的精神面貌,与我们日常所见的那些背着沉重的书包,腠眉耷

◎ "科学3分钟"演讲大赛活动现场

巴大叔和他的孩子们

眼、没有笑容的孩子完全不同。

其中有两段演讲视频更是让我印象深刻。

一段视频的题目是：科学3分钟，"打样"第一弹——投石机。打开一看，这段视频原来是温州少儿广播电视台跟踪、录制、发布的，除了视频，还配有图文。在视频中演讲的，居然是一位五岁的男孩。他叫徐彦浠，来自温州山水名都幼儿园，他设计制作了一台仿古的投石机。他在演讲中说，在古代的时候，士兵们用投石机来攻打城楼，很厉害！他也想做一台超级厉害的投石机。他让爸爸和他一起找资料、查图片、看视频，然后开始自己画设计图。他用废旧泡沫盒来做投石机的底座，再用捡来的大大小小的木棍作为投石机的支架，还用橡皮筋做弹簧，用家里的一次性纸杯当弹夹。投石机做好后，打来打去总打不到假想中的城楼和敌军，他没有泄气，而是慢慢调整投石机和城墙的距离，又尝试增强了投石机发射子弹的力度。在不断改进后，投石机

第六章 | 一千零一夜家庭实验室计划

终于成功地打到了城墙和敌军。

第二段视频看得出是自己拍的,题目很简洁:家庭实验——螺蛳,作者是温州籀园小学一年级学生杨皓翔。这个演讲视频很特别,演讲者不露"尊容",隐藏在画面背后,演讲的内容变成了视频的画外音,引导你细心观察一幅幅作者拍摄下螺蛳的日常生活场景:透明的玻璃缸里,两颗青壳螺蛳,慢慢顶开酱红色的膜厣,探出柔软的肉身;肉身上伸出细细的触须,在水中轻轻摆动;螺蛳身上生长出两颗小白点,那是螺蛳妈妈生出来的小宝宝;两颗小白点慢慢脱离母体,颜色由白色转变成绿褐色,静静地趴在水中……演讲的画外音告诉你:螺蛳为卵胎生,从受精卵到仔螺发育,都在雌螺体内进行;仔螺发育成熟后,陆续从母体内产出,即可独立在水中生活;螺蛳喜欢地质松软、饵料丰富的清鲜水域,多栖息于河沟、池沼、湖泊、水田;螺蛳食性杂,以水生植物的嫩茎叶、细菌、有机碎屑等为主要食

巴大叔和他的孩子们 ☀ ☺ 🪐 🌑 ☾

物……

五岁的幼童就知道古代的兵器，不仅能画图模仿、改进制作，还能有条不紊地说出自己设计制作投石机的过程和体会；一年级的小学生则能把养殖螺蛳的场景拍摄得美轮美奂，并且头头是道地讲述了小小螺蛳的生长环境、食物习性、胚胎发育等涉及诸多方面的知识，让我惊讶之余不由得感慨万分。在我们周围，可以看到许多学龄前的孩子，从幼儿园开始，就被大人牵着，上各种各样的学前班、培训班，认拼音字母，背英语单词，学习汉字，做加减乘除的算术练习。这些孩子早早地埋进书本，进入了小学课程的学习，与参加家庭实验室教学活动的孩子们相比，他们似乎少了一份童心。

几天以后，这个"科学3分钟"演讲邀请赛的影响力迅速辐射到全国，要求报名参赛的人数急剧上升。本来只是一个地方性的青少年科学演讲邀请赛，没想到报名者完全突破了温州地区的范围。先是浙江各地市县的

第六章 | 一千零一夜家庭实验室计划

中小学生纷纷报名,到后来,全国各地都不断有人要求参赛,报名者覆盖北京、河南、江西、四川、陕西、山东、湖南等多个省市,其火爆程度大大超出了主办方的预期。更让人意想不到的是,各地发来的演讲视频,不仅涉及众多的科学门类,各种五花八门的家庭实验和发明创造也是精彩纷呈。更令评委们惊喜的是,参赛者的演讲水平普遍较高,他们有理论、有实践,更有孩子们独特的思维方式,以及让大人们都自叹弗如的动手能力。

我想起了采访巴大叔时,他曾经对我说过,"家庭实验室"是孩子们学习探索科学知识最好的试验田,这片试验田孕育了一大批"小创客",他们是中国科学的未来,我期待到2049年,在这些小创客中间,会产生"诺贝尔奖"获得者。

说实话,当时我觉得巴大叔的断言有些遥远和空泛,并没有太往心里去。然而,当我连续看了这次青少

巴大叔和他的孩子们

年科学演讲邀请赛的一批视频后,我意识到,今天的孩子们所拥有的想象力和创造力绝对不可小觑,巴大叔并不是在说空话,也不是异想天开地口出狂言,他是有底气拥有这样的梦想的。

我现在更迫切希望了解的是,从当年在一所只有二十几个学生、五六个老师的乡村小学开发"山水田园课程",到今天成功实施"一千零一夜家庭实验室计划",搭建"家庭实验室全国联盟学校"科学教育平台,吸引了全国两万多个家庭的家长和孩子,培养了一大批崭露头角的"小创客",这中间,巴大叔走过了怎样的路程?那些令人刮目相看的小创客背后,又有着多少可以给我们今天的教育提供启迪的感人故事?

我再次给巴大叔打电话,说了自己的想法,希望了解"一千零一夜家庭实验室计划"实施的来龙去脉,同时也请巴大叔提供一批小创客的名单和联系方式。

巴大叔接电话时可能正在给学生讲课,环境有点嘈

第六章 | 一千零一夜家庭实验室计划

杂。他答应等他方便时联系我,专门给我讲讲家庭实验室的事儿,至于"小创客"名单,他会先选择几个有特色的,在微信上发给我。

当天晚上,巴大叔就在电话里讲述了创建家庭实验室的那些事儿。

我将"一千零一夜家庭实验室计划"又称为"中国人的项目式学习"。从1994年开始产生想法、慢慢酝酿,到2003年初步进行实验、2004年正式推出,家庭实验室至今已经走过近二十年。

记得以前我和你说过,1994年我从师范学校毕业,去了一所乡村小学,教自然科学。那时候,自然科学这门课在学校处在可有可无的地位:教师可以上,也可以不上;上课不做实验没人说不行,做实验也没有人会认可。在这样的状态下,让那些乡村孩子爱上科学,还真不是一件容易的事儿。

巴大叔和他的孩子们　☀ 🌍 🪐 🌑 🌙

那个年代的乡村空气特别清爽，山林、田野、河流，美丽得就像画儿一样。我带着孩子们走出教室，到大自然中去开展活动。说白了，就是让他们去玩——在玩的过程中，认识千奇百怪的动物和植物。

记得当时学校旁边有一座大山叫金蟾山，我让孩子们到金蟾山上采集各种动植物标本，鼓励他们完成一个几乎不可能完成的课题项目——《金蟾山植物志》。那几年，学校破烂的实验室里总是堆满了孩子们采来的植物。大家把新鲜的植物晾干、压平，做成标本，再找当地的中草药医师帮忙鉴定。孩子们在植物方面没有任何的知识储备，我就引导他们去县里的图书馆借阅植物书籍、植物图鉴，一种一种地鉴定并分类，记录下每一种植物的观察文字，还给每种植物都拍了照片。最后，当植物志完成时，光标本就有七百多件，无数孩子参与了这个项目。

现在回想起来，那就是家庭实验室的前身，一种以儿童自主探索进行项目式学习的方式。

此后，无数的项目在进行着，比如：空气污染的监测、气象站的建设、植物系列图谱的收集和研究等等。

因为那时自然科学在学校不算主课，我们的教学受到的限制较小，反而能自由自在地想象，随心所欲地创造，有时候更像是自娱自乐。

时间久了，"家庭实验室"慢慢地形成了具有科学特色的项目式学习特征：第一，有明确的实验任务需要完成。第二，学生进行自主探究，不受老师的干预。第三，每一项实验最终都要有成果并公开展示。第四，项目利用学校课程教学以外的业余时间在家里进行，鼓励家长参与其中。

这样的一种状态，一直持续到2003年。

巴大叔和他的孩子们

2003年9月，我遇见了一件不可思议的事情。

我在自己任教的班级给同学们布置了一项任务——在家中种植绿豆。

因为这只是一个常规的科学课任务，仔细交代孩子们注意事项以后，我开始等待结果。一周过去了，在一节反馈课上，面对寥寥几个学生带来的绿豆苗，以及更多孩子两手空空的场景，我心里有一种说不出的沮丧。我可是给每个孩子都发了种植盒与种子的，为什么举手之劳的事情，学生们却不愿意干呢？

尽管如此，我还是耐心地听着同学们五花八门的解释，终于找出了事情的根由。关键的问题就是：绿豆跟孩子们之间没有建立起一种关联，与孩子们生活无关的东西，他们没有兴趣。

经过了几天的思考，我决定反客为主。我鼓动孩子们回到家里先建立自己的实验室，地点没有硬

第六章 | 一千零一夜家庭实验室计划

性的规定和要求，可以是凉台的一角，也可以是院子里的水池，甚至可以是天井里奶奶腌菜的水缸，或者是妈妈养花的花盆……我让孩子们给自己的实验室命名，再去寻找他们感兴趣、想了解和研究的问题，接着写出自己的实验方向和计划，计划正式实施后，写下实验观察笔记，然后把笔记带回课堂，和同学们交流。

我最初的想法是，孩子在家里建立实验室，家长或多或少就会参与。据我了解，现在不少孩子和家长的关系比较紧张，有的甚至到剑拔弩张的程度。这也难怪家长，监督作业、检查对错、帮助背诵、签名落款等等，已经让上了一天班回到家中还要忙于做饭、洗衣等各种家务活的家长身心俱疲，若再碰上做作业磨磨蹭蹭、心不在焉的孩子，家长真的会很崩溃。**而家庭实验室可能会是家长和孩子之间的润滑剂，孩子在做实验中减轻压力，家长在**

巴大叔和他的孩子们 ☀ ☺ 🪐 🌑 🌙

陪伴中舒缓心情，不仅让彼此的沟通变得顺畅，更重要的是，还让学习知识不再沉重，变得快乐。

于是，"一千零一夜家庭实验室计划"诞生了。在家长会上，我给家长们演示了各种家庭实验室的样板，以及未来运作的流程。家长们的反响比我预想的还要热烈，他们纷纷表示会支持孩子在家里建立实验室，有的家长甚至表示要专门腾出一间房来给孩子做实验室。

再次让同学们回家种植绿豆之前，我先给孩子们播放了电影《微观世界》。孩子们发现，当俯下身体与自然对话的时候，生命世界竟然如此美妙。我又给同学们介绍显微镜、放大镜等器材，让他们亲身体验，观察绿豆种子内部结构、绿豆苗表面等等。孩子们第一次发现，绿豆苗的茎、叶上原来是有毛的，叶子上原来还有叶脉，像一个人的血管，一株绿豆苗原来是另一个生命的世界。

第六章 | 一千零一夜家庭实验室计划

当孩子们静下来，把目光投向一株绿豆苗的种种细节的时候，我知道这些种子与绿豆苗已经走进了他们的内心，建立了一种特殊的联系。

我问孩子们，你们还想研究什么问题呢？

他们说，"光照对绿豆种子发芽的影响""水分对绿豆种子发芽的作用""温度对绿豆种子发芽的影响""绿豆在土壤中发芽与在水中发芽的差异"……这一次孩子们会自己提出问题了。

我再次给大家发了种植材料，指导大家画出种子每天的变化，画出种子最美的地方，每节课都抽出十分钟让孩子们分享经验与发现。后来，孩子们还研究了怎样才能够提高绿豆种子的发芽速度。有的想到综合控制温度、光照、水分，有的想到添加维生素等营养成分，还有的甚至想到利用超声波、微波炉加热的方法提高发芽率等。

家庭实验室活动，改变了传统科学实验的运作

巴大叔和他的孩子们　☀ 🌍 🌑 🌙

◎ 一个一年级小学生做的养蚕家庭实验室记录

第六章 | 一千零一夜家庭实验室计划

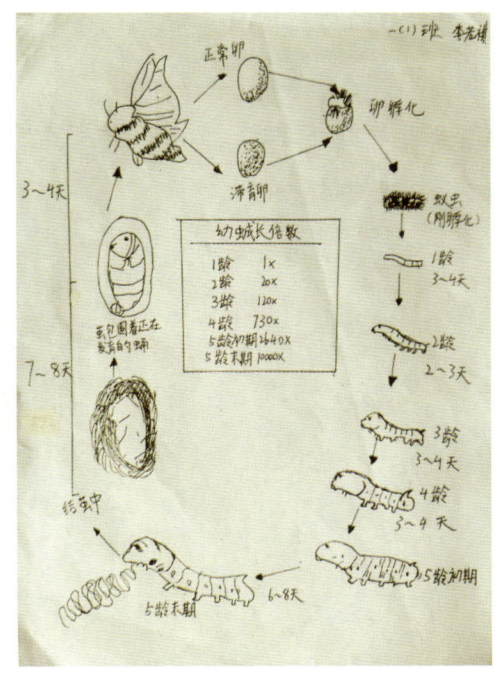

模式，让孩子把家庭扩充为实验场地，让科学探究与身边的生活紧密结合在了一起。

此后一段时间的课堂上，孩子们描述绿豆的时候，眼睛是发光的。好多孩子在那次种植之后，不再吃绿豆芽这道菜，他们说不忍心吃掉这么可爱的绿豆芽。这次试验的大获成功，也让"一千零一夜家庭实验室计划"很快在全年级得到了推广。

之后，"一千零一夜

巴大叔和他的孩子们

家庭实验室计划"开始走出我当初所在的那个校园，走向全县、全市、全省，到今天已经在全国推广。可以说，家庭实验室给那些躲在校园里、埋在书本中的孩子们开辟了另外一片知识的天地。更重要的是，一大批才华横溢却一直被考试和分数困扰的孩子，从中脱颖而出，成了有自己科研成果的小创客。

你去找他们吧！

第七章

小富的快乐和忧伤

巴大叔和他的孩子们　☀ ☺ 🪐 🌑 🌙

　　我是在楠溪江边一家叫"云岚"的民宿里第一次见到小富的。

　　之前几次听巴大叔提起过小富，他称其为"天才"。在巴大叔口中，他教过的孩子几乎都个顶个的聪明，但被他称为"天才"的，小富是第一个。

　　所以，得知巴大叔要在楠溪江举办科学夏令营，还邀请了小富到夏令营来给孩子们演示他的小发明，我就特意从杭州坐高铁赶了过去。

　　小富看上去十四五岁的样子，脑门和面颊上长满了青春痘。他羞涩腼腆、温文尔雅，却寡言少语，完全没

第七章 | 小富的快乐和忧伤

有这个年龄段的男孩子像脱毛小公鸡般好动好斗的模样。

小富的身边是一个身材瘦小的中年妇女,扎着马尾,衣着干练,一看就是职业女性,但她看小富的眼神特别柔软,透出满满的爱意。显然,这是小富的母亲。

记得那天是周三,并不是双休日,可以想见,小富妈妈是特意请了假陪儿子过来的。

小富走到台前给孩子们做演示时,低着脑袋,垂着眼皮,两只手灵活地摆弄着从随身带的小箱子里拿出来的各种器材与元件,像变戏法似的,三下五除二,就在讲台上摆开了自己的各种创意小发明:触摸调光灯、水量检测器、冰块降温小风扇、发光地球仪等。最让在座孩子们感兴趣的,是一只集自动浇灌、温控、补光、土壤湿度检测等功能于一身的多功能花盆——两棵开始发芽的绿苗,正在舒展嫩嫩的叶子。

大家拥上前去围着小富,七嘴八舌地提出各种各样的问题。

巴大叔和他的孩子们 ☀ ☺ 🪐 🌑 🌙

小富的表述显然滞后于他的动手能力，他说话声音很轻，几乎听不清楚他在说什么。尽管如此，你还是可以感觉到，周围的孩子们看小富的眼神既兴奋又崇拜。

我对小富妈妈说，现在的许多孩子会读书、会考试，但大多动手能力差，而小富却能亲手制作那么多自己创造的小发明，挺牛的！

没想到刚刚还满眼光亮地看着台上的儿子的小富妈妈，神情一下子暗淡下来。她看了我一眼，问，您是袁老师吧？巴大叔和我说起过您，说您想见见小富。我其实挺害怕带小富出来的。

为什么？我问。

小富妈妈迟疑了一下，说，前些日子，我和几位多年不见的老朋友聚会，女人聚在一起，总会聊起各自的孩子。她们几位的孩子都非常优秀，一个刚从美国读研回国，马上要去上海一家跨国公司工作；另一个在加拿大读大学，学业还没有完成，已经在跟着导师做项目

第七章 | 小富的快乐和忧伤

了；还有一个刚从中国传媒大学毕业，准备去日本读研究生。轮到我们家小富，我都不好意思开口，刚考完中考，除了体育满分，科学及格，其他几门主课——语数英全部挂科。不要说进重点高中，就是普通高中都录取不了。他才十六岁，不能不上学吧？没有学校要他，他怎么办？

我虽然听巴大叔说过小富的学习成绩不太好，但语数英三门主课统统不及格，还是大大出乎我的意料。一方面，这孩子聪慧过人，刚才他在台上展示的那些小发明，只是他众多作品中的一小部分。这些新颖独特的创意全部来自于日常生活，从中可以看出他对生活观察得细致，发明的东西很实用，接地气，制作也很精良，已经具有一定的专业水准。但另一方面，他又是常人眼里的"学渣"，读不进书，听不进课，沉浸在自己的思维世界里天马行空，你似乎还真无法用低分高能来解读他三门主课全部挂科的怪异现象。

巴大叔和他的孩子们

我问小富妈妈，能不能找个时间，我想和小富好好聊一聊。当然，我也很想听你这个当妈妈的说说自己的儿子。像小富这样读书考试很痛苦，但脑子里创意层出不穷、动手能力也很强的孩子，恐怕不是个例。在国家现有的教育体制下，我们该如何面对这样特殊的孩子？

小富妈妈听了我的话，咧嘴苦笑了一下，一个母亲的焦虑和迷茫掩饰不住地流露出来。不过，对于我的请求，她没有推辞，而是很痛快地答应说，回杭州以后，我们来接你去家里，看看小富的家庭实验室。

可是，由于种种原因的耽搁，这个约定一拖再拖。后来，武汉暴发了新冠疫情，而且迅速地蔓延到全国，人们都自觉地宅家，减少聚集串门，去小富家拜访的事儿自然也就被搁置了。

直到我这次采写"家庭实验室的创客们"，这事儿才被重新提上日程。

因为还在疫情期间，海外的新增病例仍然在疯狂飙

第七章 | 小富的快乐和忧伤

升,国内情况虽说控制得比较好,但部分地区再次出现确诊病例,又给人们敲响了防疫不可松懈的警钟。

小富的爸爸妈妈自驾来接我,他们都戴着口罩。想到在人人都小心防范的疫情期间,他们还能接我这样一个陌生人去家里访问,可见儿子在他们心目中的重要性。

富妈说,小富后来被一家职业技术学校破格录取,富爸对此耿耿于怀,觉得很没面子。他爸读书时是个学霸,高分考入名牌大学,对自己唯一的儿子自然也是寄予厚望。虽然知道儿子不是一块读书的料,但他从来就没有甘心过,总是训斥儿子不用功、没出息;埋怨我教子无方,弄得一个名校高才生的后代沦落到读职高的境地。

富妈说这些话时,开着车的富爸显得很高冷,既不解释,也不接话茬,直到把我们送到家门口,才冷冰冰地甩下一句话,难道我说错了吗?说完倒是很礼貌地向

巴大叔和他的孩子们　☀ ☺ 🪐 🌑 🌙

我表示抱歉，说他还要赶去单位上班，就不陪我了。看着他转身离去的背影，我觉得富爸的内心其实还是很在乎小富的。

走进小富家，首先闻到一股淡淡的鱼腥味，我下意识地吸了一下鼻子。富妈解释说，这是小富安装的臭氧发生器散发出的气味，是疫情期间用来给进门的鞋子杀菌的。

最初小富是想制作一个类似于上下层车库结构的自动传送带，把进家门后换下来的鞋子自动传送并排列到鞋架上烘干杀菌。但自动传送带的结构设计很复杂，滚动齿轮的制作也很有难度，是专门行当中高级机械师的活儿。小富对这一块不擅长，如果拿到外面加工定做的话，制作费昂贵。小富只好求助于自己初一时的同桌小丰，因为机械制作是小丰的强项。小富和小丰是好朋友，两人很投缘，常常是小富出创意，小丰完成制作，配合默契。为了做这个"家用鞋子自动传送带"，

第七章 | 小富的快乐和忧伤

小富用自己省下来的零花钱，上网购买了便宜的原材料，请小丰帮忙制作传送带滚动齿轮的部分，没想到小丰妈妈把这些材料全扔进了垃圾箱。小丰是个准学霸，成绩蛮不错的，他妈觉得儿子离学霸只差一口气，所以不允许他把心思花在学习以外的事情上。少了滚动齿轮这关键的一步，"家用鞋子自动传送带"自然夭折了。小富后来就改装了这个臭氧发生器，用来给鞋子杀菌消毒。

疫情期间，进门后自然要先洗手。我洗手时发现，洗脸池边上搁着的洗手液瓶子连着一个八音盒。我一摁洗手液瓶子，八音盒就开始播放《生日快乐》的音乐，等我洗完手，音乐声差不多也在这个时候戛然而止。我觉得很有趣，也有点好奇，便问富妈，你家洗手液怎么还带唱歌的？

富妈笑了，有点得意地告诉我，这是小富前些年的小发明。那时小富小学还没毕业，碰上禽流感，学校老

巴大叔和他的孩子们

师反复强调大家要勤洗手,而且详细说明了要重点洗哪几个部位、洗满多长时间,才真正算是"有效洗手"。小富回家来总会监督我和富爸洗手,总说我们没有洗够时间,不算"有效洗手",细菌清除不够彻底。富爸脾气急,发火了,一摆手说,我总不能每次洗手还盯着手表看时间吧,偶尔一回两回还能坚持,天长日久谁受得了!这以后,小富就琢磨制作了这个洗手音乐盒。他按照老师说的洗手时间试了不少音乐,最后选了这段《生日快乐》。这首歌的时长基本和老师要求的洗手时间相吻合,音乐一停,洗手时间达标,手也就彻底洗干净了。

  我没想到,还没有参观小富的家庭实验室,进门这头两件事,就让我感受到了小富的不一般。

  当我和富妈在客厅的沙发上坐下来时,才发现,隔着一扇玻璃移门,小富正在餐厅的桌子上埋头写着什么。

  这是一个安静的男孩,沉浸在自己的世界中时,他

第七章 | 小富的快乐和忧伤

似乎不会受到外界的任何干扰。我和富妈进门老半天了，说话也很大声，他却一点动静都没有。我和富妈在客厅坐下时，小富连头都没抬，眼睛也没有朝玻璃移门外面看。那份专注，完全不像心思集中不起来的孩子。为什么他的学习会那么费劲呢？

富妈知道我是专门来采访小富的，起身要去叫小富出来，我阻止了她。我说，小富妈妈，别打扰孩子，你先给我说说小富吧，他真的很与众不同呢！

富妈叹了一口气，眼里满是无奈。

小富是2004年夏天最热的时候出生的。医生抱给我看时，他全身汗津津的，像个湿漉漉的小肉球。

出院回家后，我怕爱出汗的小富长痱子，每天都给小富洗好几次澡。他从小安静，不哭不闹，到水里就咧嘴笑。那时候，我觉得自己是这个世界上

巴大叔和他的孩子们

最幸福的母亲。

大约在小富四个月的时候吧,天冷了,我不敢在家里给他洗澡,怕他着凉,就把他抱到专门的月子中心去洗。没想到小富在那里感染了病毒,他先是得了病毒性感冒,发烧、咳嗽、抽搐,很快又转成了哮喘。那段时间我们不断地跑医院,用了很多药,扎针扎得孩子小胳膊又肿又硬,把我心疼的呀!到后来,医生说,这孩子免疫力很差,很容易得病,以后要特别当心。可当心也没用,小富从此一到冬天就犯哮喘,咳嗽起来呼哧带喘的,常常上不来气,吃药扎针那都是家常便饭了。

我也不知道这孩子是小时候发烧烧傻了,还是吃药吃呆了,要不然读个书怎么就那么费劲呢?

这孩子虽然读书不灵,其他方面却很聪明。他小时候看到螺丝、螺帽就走不动了,蹲在那里可以玩好久。他外公早先是部队里的无线电技师,转业

第七章 | 小富的快乐和忧伤

到地方工作后，业余时间仍然喜欢在家里摆弄各种电子器材。小富从小在外公身边长大，可能是耳濡目染吧，他对电子元器件有着浓厚的兴趣，喜欢拆装、捣鼓，一坐半天不动窝。他有很强的好奇心，会缠着外公没完没了地问一些电子方面的问题。每次外公回答他以后，他就会一个人痴痴呆呆地想很长时间，想得入迷了，就开始琢磨做点什么。按小富自己的话说："这时的我，思维非常活跃，脑袋里的每一个细胞都在跳动。"

小富一做数学题，脸上就长痘痘；一背英语单词，嘴角就上火溃烂；写作文更是痛苦，哈欠连天，眼皮打架。可是，只要一钻到电子元件堆里，他就像打了鸡血，两眼放光，一脸自信。

富爸对此发过多次脾气，说小富不务正业；我也希望小富以学业为重，对他的爱好不太支持。但小富很拧、很执着，不管富爸怎么劈头盖脸地呵斥

巴大叔和他的孩子们　☀ ☾ ☄ ◐ ☾

他，也不顾我一再苦口婆心地劝导他，他还是没有停止自己的创意手工制作。

你那次在温州云岚看到的汽车应急灯、触摸调光灯、七色小台灯、降温小风扇、充电电夹、电鱼器、水量检测器等，都是小富小学期间的作品。那个集自动浇灌、温控、补光、土壤湿度检测等功能于一身的多功能花盆，是他初中时做的。这个时期他还自制了示波器，从零件选择、焊接到成品，全

◎ 小富和他的"宝贝们"

第七章 | 小富的快乐和忧伤

是自己独立完成的；他用无线传输模块和电磁互感原理制作的底座，可以给手机充电，对杯子里的液体进行搅拌、加热、消毒（于2019年1月申请专利，已受理）；他还把易拉罐和电热丝固定通电后，做成了一个迷你简易烤箱，我们外出郊游野餐就用它烤肉和面包；夏天用电高峰时，家里的电老跳闸，还烧过几次保险丝，我和小富一说，他就自制了调压电源，它可以起到稳压稳流、自动调节的作用；他还利用特斯拉线圈，点亮节能灯；用超声波模块检测距离等。

反正家里在电器方面出现的小问题和小故障，小富基本上都能解决。他在这方面的手艺和技能，在我们小区和亲朋好友中出了名。邻居家的电器坏了，也找小富来修。这些年，他给人修好过的东西还真不少：电动理发刀、吹风机、吸尘器、豆浆机、榨汁杯、电瓶车、美容按摩仪、带胶卷的老款

巴大叔和他的孩子们

照相机、挂烫机、迷你音响……五花八门，什么都有。去年我单位的空气净化器坏了，让小富帮忙看看。小富花两毛钱换了一个二极管，就给修好了。一个朋友听说了小富的能耐，拿来一部老款的诺基亚手机，据说是当年在欧洲买的限量版，价格很昂贵，但是智能手机更新换代后，诺基亚已淡出手机江湖，朋友找不到修诺基亚的地方，只好拿来让小富试试。小富拿到手机后就像进入战场一样，把自己关在屋子里不出来。一个多小时以后，手机居然被这小子修好了。当朋友当着我和小富的面，用这个沉睡了大半年的诺基亚打出第一个电话时，小富笑得特别开心。

这孩子还非常孝顺，体贴大人。他外公的一把藤椅在地板上容易打滑前倾，小富就用木头做了三角限位桩，还给藤椅的左右脚加了两块杠铃片加固。藤椅再也不打滑了，外公坐着很安心。他外婆

第七章 | 小富的快乐和忧伤

有一次晚上起夜,黑咕隆咚的,不小心摔了一跤。小富又上心了,专门给外婆做了一盏触摸小夜灯,装在外婆床头,一摸就亮。

小富心眼好,给人修东西从来不收钱,还经常自己往里搭材料费。有时候我也很纠结,人家的孩子双休日都在上各种培训班、辅导班,分分钟都花在学习上,每一份用功都投资在自己身上,都向期待中的成功迈进着。只有我们小富,双休日回到家,忙着帮人修这个、修那个,赔上时间、精力不说,有时还要搭钱。最让我揪心的是,他把心思都花在这些不着边际的事情上,学习怎么办?现在社会上许多单位招人,门槛就是大学本科,不少单位都要求研究生学历了。小富这个样子,没有学校要他,没有文凭,他将来怎么办?连个工作都找不到!

可是,我看得出来,小富在做这一切时,他是

巴大叔和他的孩子们

快乐的，他眼睛中的光亮，嘴角边的笑容，是真正从心里流淌出来的，是他坐在书桌前，面对课本和作业时，从来没有的。我真不忍心剥夺孩子的快乐，还有什么比孩子的快乐更重要呢？

不出意料，小富中考一败涂地。富爸的脸一直没舒展过，脾气也爆，一碰就炸。小富像一只胆怯的小耗子，在家时几乎悄无声息，他尽量躲着富爸，能不照面就不照面。吃饭时在一张餐桌上避不开了，小富也是眼皮都不敢抬，埋头扒饭，吃完就钻进自己的房间。

我理解他爸一肚子火气无从发泄的郁闷。他是上世纪90年代的萧中生。萧山中学是浙江省级重点中学，当时农村孩子上萧中，录取分数比普高录取分数线还要再高50分，可富爸一举拿下了。高考时，富爸又轻轻松松就考上了武汉大学。所以，在他看来，读书是一件特别简单的事情，怎么到了

第七章 | 小富的快乐和忧伤

儿子小富这里,就比登天还难?

孩子虽然躲着他爸,但我知道他心里是很爱他爸爸的。在他众多的小发明中,那个汽车应急灯就是小富为他爸爸特意定制的。

有一天晚上,他爸爸开车去超市买东西,车灯

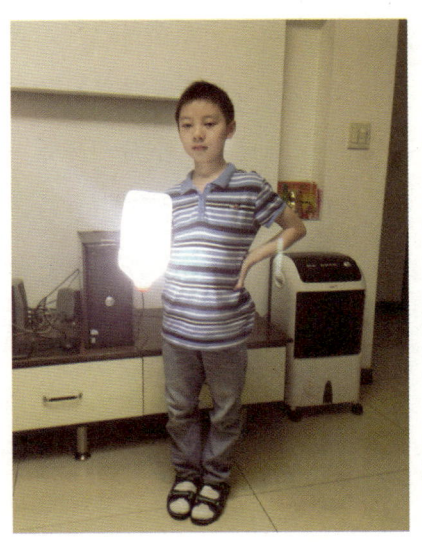

◎ 小富为爸爸设计的汽车应急灯

巴大叔和他的孩子们

坏了。那天下着雨，光线很昏暗，车里也黑咕隆咚的。因为视线不好，富爸的车差一点和旁边的车刮擦，下车时脚还崴了一下。回家后，富爸懊恼地说起这事，在一旁听着的小富便动了心思。他马上把家里一个刚喝完、带把的4L饮用水磨砂瓶斜切，加上灯条，接上一根USB电源线，不到半小时就给富爸做了一个简易汽车应急灯。他对富爸说，爸，以后车灯要是再坏了，你可以用这个灯应急。

那时候，小富还只是一个九岁的孩子，才上小学三年级。

中考落败，小富的心情坏到极点，他毕竟只是个十几岁的孩子，几门主课全数挂科，几乎堵死了他继续上学的可能，这让他很无措；周围投来的同情和怜悯的目光，也让他很压抑；富爸的阴郁和我的焦虑，可能更让他喘不过气来。

有一次，小富对我说，妈妈，其实我想自己吃

第七章　｜　小富的快乐和忧伤

饭,我不喜欢别人喂我吃饭。我想吃什么就吃什么,这才长肉。我在学校读书就是这样,我想学的东西没人教我,我不想学的东西拼命灌输,我根本听不进去。

我思忖了一下,说,那你会营养不全面、不均衡,因为你挑食。

后面的话,我还没往下说,小富就瞥了我一眼,扭过脸去。他眼神中透出一丝忧伤,让我心颤。

其实,小富还真不是不着调的熊孩子。他很懂事,也很努力,在学校课堂上也从不捣乱,即便听不进去课,他也不会妨碍别人。回到家,他从不去外面撒野,也会硬着头皮做那些让他脑袋发胀的作业。我知道他不想让我们失望,他希望父母能以自己为荣。可是,小富再努力,各门功课的分数还是上不去。他很憋屈,而我们做家长的更是无能为力。

就在我和小富最无助的时候,有朋友介绍我们

巴大叔和他的孩子们

认识了巴大叔。

小富和巴大叔一见如故,平时少言寡语的他,面对巴大叔,竟滔滔不绝。那一次,小富带去了自制的特斯拉线圈、太阳能电池板、距离测量仪,还有一台自己组装的 3D 打印机。他一件一件地向巴大叔展示自己的作品,一点一点地向巴大叔讲述自己创意的由来、制作的过程、成品的功效,以及仍然存在的问题。

巴大叔听得兴致勃勃,口里不住地夸赞小富了不起,是个天才。

得到巴大叔的首肯和夸奖,小富很兴奋,我也受到了鼓舞。我将随身带去的电脑打开,将储存在电脑里的小富的更多作品一一向巴大叔展示,还给巴大叔看了小富工作台的照片。

巴大叔说,我正在实施"一千零一夜家庭实验室计划",小富的工作台和他的一系列作品是一个

第七章 | 小富的快乐和忧伤

很好的家庭实验室案例。小富可以说已经走在许多孩子的前面了，他就是自发超前做家庭实验的优秀

◎ 小富的工作台

巴大叔和他的孩子们

小创客！

　　那一次，小富问了巴大叔许多问题，巴大叔很耐心地一一给小富讲解。他们互加了微信，巴大叔还给小富留了自己的手机号码，让小富有问题可以随时找他。小富头一次被人这么重视，兴奋得满脸通红。事后小富对我说，妈妈，巴大叔说我的工作台是最好的家庭实验室，有机会要让其他小朋友来参观呢！

　　我听了小富的话有些心酸，在巴大叔眼里最好的家庭实验室，在富爸眼里却是一堆垃圾。富爸说，小富整天捣鼓那些破烂玩意儿，得耗多少电？每个月要多花多少电费？到头来，能当吃的还是能当喝的？你这个当妈的也不管管，还纵容他！

　　就因为富爸的这番话，倔强的小富在家里做各种实验，不想再用家里的电。他发明制作了一套"太阳能供电系统"，制作这套系统的原材料大部

第七章 | 小富的快乐和忧伤

分是废物利用,没花什么钱。这以后,小富的工作台基本可以靠这套太阳能供电系统供电,省下了这笔电费。

小富的这一举动,不仅让他爸哑口无言,也让我冒出了一个我自己都感到吃惊的想法。我没和富爸商量,就在我父母的支持下,花钱买下了小区里的一个商铺,大约五十平方米吧,我想用这个商铺扩大小富的家庭实验室。假如有一天,小富真的没书念了,就用这个商铺开一家电子小铺,也就是小富梦想中的电子工作室。维修家电也好,卖自己制作的电子产品也罢,总能自食其力,不至于没饭吃!

富爸认为我疯了、不可理喻,和我大吵,非得让我把商铺卖了。这回我没有让步,我觉得人生有许多条道路可以选择,每个人都可以找到适合自己的位置,为什么非得挤在一条跑道上拼夺厮杀呢?

巴大叔和他的孩子们　☀ ☺ 🪐 🌎 ☾

说实话,这一刻,我被富妈的话和她为小富设想的前路感动了。本来我是来采访小富的,却意外地走进了一个母亲的内心。

我突然意识到,为什么巴大叔这么多年来一直持之以恒地推广他的"一千零一夜家庭实验室计划",为什么他希望家长们能参与到孩子的家庭实验中来。

我们今天的教育,似乎仅仅是家长把孩子送到学校,学校将知识灌输给孩子。家长觉得把孩子交给了学校,教育应该是学校的事,他们很少去了解孩子的内心,也不知道孩子真正的需要和渴望;而孩子却觉得大人几乎不懂他们,自己说的话就像鸡同鸭讲。他们彼此之间仿佛隔着一堵高墙,心门在哪里,谁都不知道。在很多时候,家长在孩子的教育问题上是疏离的,或者说是缺失的,而孩子对家长,则是抵触的,有隔阂的。

而家庭实验室将课堂上的科学教育转移到了家庭,

第七章 | 小富的快乐和忧伤

让老师在讲台上的单向灌输，变成了孩子们带着问题去寻找答案的自主选择。因为实验在家里进行，孩子们做什么，家长一目了然。遇到困难了，孩子往往会求助家长；碰到问题了，家长自然充当起半个老师的角色；如果自己也不明白，家长往往会和孩子一起探索。

慢慢地，自然而然地，孩子和家长之间架起了通往彼此心灵的桥梁。孩子的兴趣爱好是什么，特长和强项在哪里，弱项和短板如何规避，天长日久，家长都能够心中有数，再和孩子对话，就会不那么艰难，彼此很容易靠近。

我相信，若不是小富在家里做他的各种电子实验，一个个小发明在富妈眼前真真切切地诞生，富妈若是只看到儿子一塌糊涂的成绩单，她肯定会是一个濒临崩溃的母亲。

而现在，巴大叔的"一千零一夜家庭实验室"弘扬的教育理念，让富妈能够以平和的心态去审视自己孩子

巴大叔和他的孩子们

的与众不同。她或许依然不能满足，或许还是会有所担心，但起码不再那么焦虑。她为儿子谋划的未来开一家电子小铺的想法足以显示，她的心胸已经渐渐变得开阔，她对教育理念的思考和教育模式的探索也变得更加多维了。

第八章 石头男孩的心思

巴大叔和他的孩子们 ☀ 🌍 🪐 🌑

◎ 演讲中的"石头男孩"Charles

叫他"石头男孩"，是因为我和他因一部石头书稿而结缘。

有一天，巴大叔推送给我一张微信名片，微信昵称叫Charles。

巴大叔说，这个孩子很厉害，收集了上千块石头。你可以和他聊一聊，肯定会让你大吃

第八章 | 石头男孩的心思

一惊的。

我试着加了 Charles 的微信。最初对方一直没反应，等到我几乎不抱希望的时候，他突然上线了。

△　袁作家您好，我是陈导的学生小谈。
※　小谈好！一直想认识你，千呼万唤始出来。太高兴啦！
△　你觉得我的作品怎么样？

作品？什么作品？一个小学五年级的学生就有作品啦？

还没等我缓过神来，对方已经发来了一个 PDF 文件——《Charles 家的矿物书》。打开一看，正如巴大叔说的，我还真的是大吃一惊。

文件中，居然是一部科幻童话书稿，不仅有封面、目录、前言，还有人物表、内容提要、插图等，非常有

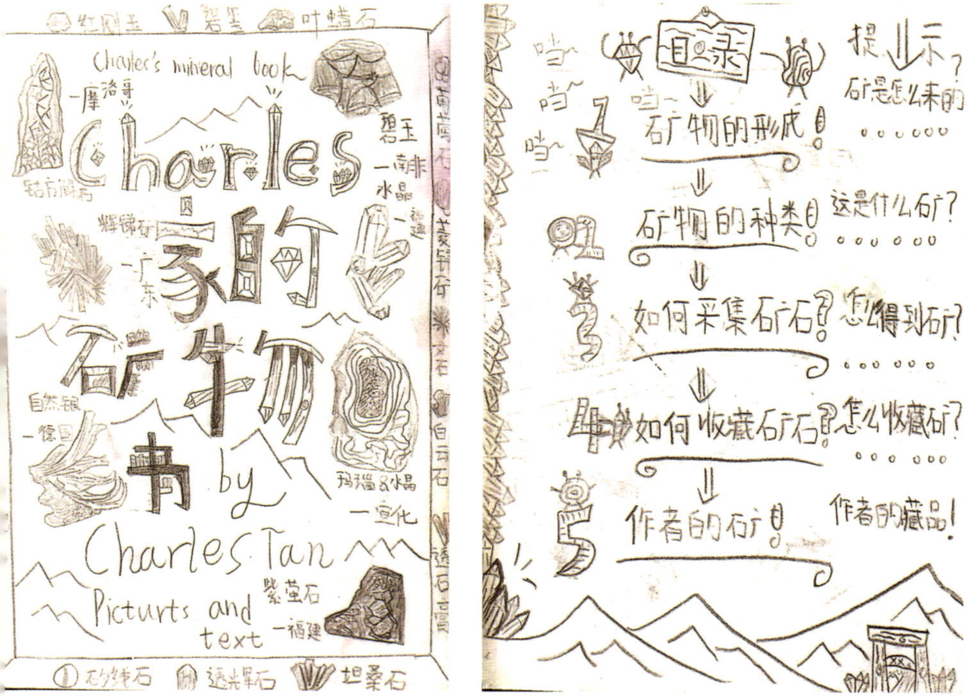

巴大叔和他的孩子们

◎ 《Charles 家的矿物书》的封面、目录和前言

第八章 | 石头男孩的心思

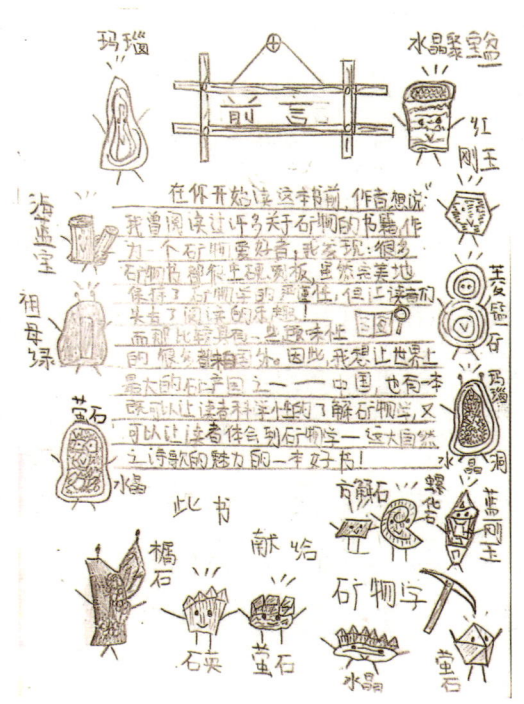

模有样。

我看了一下前言，文中这样写道：

在你开始读这本书前，作者想说：我曾阅读过许多关于矿物的书籍，作为一个矿物爱好者，我发现：很多矿物书都很生硬、刻板，虽然完美地保持了矿物学的严谨性，但让读者们失去了阅读的乐趣！而那些具有一

巴大叔和他的孩子们

些趣味性的图书,很多都来自国外。因此,我想让世界上最大的矿产国之———中国,也有一本既可以让读者科学地了解矿物学,又可以让读者体会到矿物学——这一大自然之诗歌的魅力的好书!

好大的口气!看得出,这位小作者很自信,而且他将矿物学称为"大自然之诗歌",这也令人刮目相看。看来这孩子兴趣广泛,对文学也不陌生。

在书的封面和前言中,作者用拟人化的手法画了各种不同的石头,并标出了每一种石头的名称:玛瑙、碧玺、萤石、榍石、石英、水晶、方解石、螺化石、叶蜡石、孔雀石、矽线石、透辉石、坦桑石、白云石、海蓝宝、祖母绿、蓝刚玉、红刚玉、菱锰矿……

说实话,这些矿石中有许多我都不知道,有的名称甚至都是第一次听说,更不要说了解了,但是我作为一个曾经做书多年的专业图书编辑,还是被这本尚未成

第八章 | 石头男孩的心思

形、稚嫩中透出可爱的"矿物书"吸引了。尤其是第一章中的"本章概览"和拼接在同一页上的"故事时间与年代表",不仅有趣,更让人脑洞大开。

"本章概览"提纲挈领地讲述了这一章的内容:

本章用历险的故事情节,介绍了矿物的主要形成方式和一些现在已经变成化石的古生物。主人公打开了时光机,开始在几亿年前或几千万年前——地球还是一颗年轻的星球时,与喵灵一起探险,实情实景地经历矿物的形成。

在概览的旁边,作者勾勒了一条弯曲的线路图,线路图两旁清晰地标注了年代和这个年代形成的矿物,以及距今多少年。从"太古宙""元古宙"至"中生代""新生代",一直到古猿人登场;从最初的岩浆岩类形成,如花岗岩、黑曜石,到鱼类和两栖动物、爬行动物亮

巴大叔和他的孩子们　☀ ☺ 🪐 🌍 ☾

相；从金属类矿物质诞生，菊石和恐龙现身至绝迹，到大陆碰撞、漂移，沉积岩慢慢变成地球表面的主要成分，逐步形成今天的样子，直至人类出现。

我有点不敢相信，这样一部未完成的书稿，会出自一个小学五年级的学生之手，匡算一下年龄，这孩子顶多也就十一二岁吧。回想自己在他这个年龄的时候，除了老师教的、课本中学的，脑子里基本是一片空白。不像今天的孩子，通过一部手机，神游宇宙苍穹，穿越亿年万年，上知天文，下知地理——他们中的许多人所拥有的信息量和知识面，远远超过了大人们的想象。

我在微信里回复 Charles "你觉得这部作品怎么样"这个问题：从严格意义上说，你还没有写完，还不能称其为作品，所以我暂时不能评判。但我能从现有的部分书稿中看出，你很聪明，知识面也很宽，对中国历史和世界地理都有相当多的了解，而且你用科幻童话来讲述故事，设计了"喵灵"这样一个小猫咪的形象，让它和

◎ 小谈在大山里寻找矿物

巴大叔和他的孩子们

地球一起去探险,很有想象力。在探险途中,它们碰到了各种各样千奇百怪的石头。你把矿物知识融在探险故事里,构思很巧妙,一定能吸引小读者。另外,里面的插图也很生动有趣,图文并茂,我很喜欢!

大约我对书稿的评判超出了小谈的预期,他发过来一个开心的表情。

我又问,为什么给自己的这部作品取名为"Charles家的矿物书",Charles在这里有什么特别的含义吗?你说你还在收集素材,是收集什么素材?怎么收集的?我正在采写巴大叔和他的创客们的故事,巴大叔多次向我提起你。今天看了你的书稿,我也觉得你是一个很有意思的石头创客,能给我讲讲你和石头的故事吗?

他很快发来一个"OK"的手势。

之后,他就断断续续地给我发信息。我注意到,他给我发信息的时间大多是在晚上,而且一般都在九点以后。可以想象,他白天要上课,晚上回家后还要先做作

第八章 | 石头男孩的心思

业,完成一个小学生该完成的一切,他才能忙里偷闲和我聊上几句。我不由得想,那他哪来的时间写他的矿物书呢?

他发来的信息东一句西一句,但一点点串联起来,还是让这个不曾谋面的石头男孩的形象,在我脑海里慢慢清晰起来。

"Charles"是我的英文名,我自己取的。音译过来就是"查尔斯",它是一个很古老、也很常见的名字,世界上有不少名人都叫查尔斯。

比如英国生物学家、创作了《物种起源》的查尔斯·达尔文、"现代地质学之父"查尔斯·莱尔,还有法国矿物学家查尔斯·弗里德尔。

还有一种宝石检测仪,名称叫"查尔斯滤色镜"。

这就是我给自己取名为"Charles"的原因。

其实,我迷上石头很偶然。我姐姐的一位同学

巴大叔和他的孩子们

是矿物发烧友,他收藏了许多石头。有一次姐姐带我去他家玩,我第一次看到这些石头时,一下惊叫起来:"哇,这些石头太漂亮了!"我姐姐的同学在一旁说:"这是矿物,不是石头。"

那天,我像一只小鸡掉进了米缸,兴奋得抬不起头,摸摸这块,看看那块,哪一块都觉得光彩夺目。姐姐同学看我痴迷的样子,很大方地送了我一块金红色的石头,石头的切面上有很美丽也很规则的圆形花纹图案。他告诉我,这叫菱锰石,是一种很鲜见的矿石。

那是我收藏的第一块石头,也是我第一次跨进矿物世界的大门。

回到家,我就上网查资料,想弄清楚这是一块什么样的矿石。这一查,收不住了,矿物知识像浩瀚的大海,海里的奥秘无穷无尽,而我像一条张大嘴的小鱼,什么都想吃。

第八章 | 石头男孩的心思

我请爸爸去图书馆借来很多矿物知识方面的书和资料,白天晚上都生吞活剥地看。许多地方看不懂,我就跳过去,或者问爸爸。我最喜欢看那些带彩色照片的矿物书,照片上的石头有颜色、有肌理,质感很鲜明,这也是我写《Charles家的矿物书》一定要配插图的原因,读图有时候比读文字更

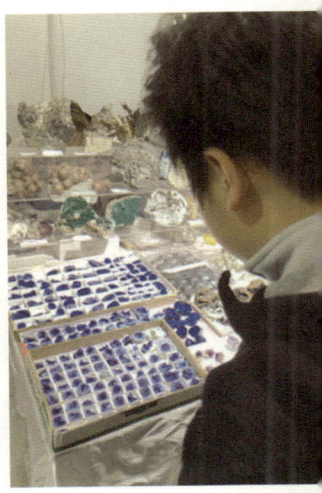

◎ 小谈沉浸在石头的世界里

177

巴大叔和他的孩子们

直观。

一开始，爸爸妈妈认为我玩石头是心血来潮，也没太往心里去。虽然爸爸对帮我借书、借资料的要求有求必应，但当我提出想去山里采集岩石时，他就认为我有点异想天开了，所以我就在科学器材商店购买一些石头小标本。后来慢慢认识了很多志同道合的朋友，我们会互赠或交换石头，我逐渐得到了一些品质还不错的矿物。

日积月累，我收藏的石头多了起来，摆在一起也有点小小的规模了。双休日回到家里，我会在自己收集的石头面前，一坐就是半天。我觉得石头就像一本书，是地球写的一本书，书里有好多好多我不知道的秘密。

我迷上石头的事引起了爸爸的注意。让他有点吃惊的是，我要他借的书和搜集的资料越来越专业，尤其有几位外国矿物专家写的书，我爸都没听

第八章 | 石头男孩的心思

说过。他开始对我刮目相看,知道对我的这个业余爱好,也许不能掉以轻心。

幸运的是,我的爸妈十分尊重我的兴趣。爸爸开始留意和搜集这方面的信息,带我去参观国内的一些专业矿物展览会,还利用寒暑假的时间,陪我去国内外几个有名的矿场实地考察。我们去过厦门、温州泰顺,还到过日本的京都、大阪和关西,法国的阿拉贝斯山、阿根廷的安第斯山等国外著名的矿山去寻找矿石。我爸甚至还带我去了比利时的安特卫普,看世界上最好的石头切工手艺。

我对石头越来越痴迷,沉浸在一块块石头里不能自拔。

可我只是个小学生,在大人眼里,去学校上课、回到家做作业,才是我每天该做的事情。但是,丰富多彩的石头世界太吸引我了,对比之下,

巴大叔和他的孩子们　☀ ☺ 🪐 🌑 🌙

老师在课堂上讲的东西常常让我觉得有些乏味。尤其是语文课，老师总是叫我们背课文、概括段落大意、填空、造句，这些机械的训练，对我来说枯燥又无聊。

我开始上课开小差，在桌子下面偷偷看各种讲石头和矿物的书。有一次被语文老师发现，她将我的书没收了，还告诉了我的爸爸妈妈。我的爸妈问明原因后，没有因此责怪我。

那一段时间，我真的很郁闷，是我的科学老师巴大叔打开了我的心门。

科学在小学课程中的重要性不如语文、数学，巴大叔在各科任课老师中也不显山露水，但同学们都喜欢他，爱上他的课。这不仅是因为巴大叔的课好玩，更主要的是，巴大叔没有老师的架子，他很尊重我们每一个学生，总是很有耐心地听我们说各种各样的想法。他和我们就像朋友，或者说更像

第八章 | 石头男孩的心思

哥们。

那天,巴大叔看出了我不开心,他关切地问我发生了什么事情。我像竹筒倒豆子一样说出了自己心中所有的苦闷。巴大叔没有批评我上课偷看课外书,反而很有兴趣地问我,能不能把收藏的石头带到学校里来让他看看。

我很意外,心中大爽。周末回家时,我就挑选了一堆石头包好,返校时,兴冲冲地送去给巴大叔看。没想到巴大叔看到石头后比我还要兴奋,他很激动地问我,你家里还有多少石头?都运来,老师给你开一个石头博物馆,让同学们参观,你做讲解员,给同学们讲讲这些石头都是什么矿物。

听了巴大叔的话,我愣住了,开石头博物馆?真的吗?我收藏的石头有这样的价值吗?

巴大叔来真的了,说干就干。他在自己的科学教研室辟出了一块地方,打扫干净,摆上桌子,又

巴大叔和他的孩子们

从学校仓库找来几个废弃的玻璃展柜,很快就布置了一个小型的展览场地,然后吩咐我尽快把自己的宝贝石头运来。

运石头那天,对我来说就像过节。我从自己的藏品中精心挑选了一百多块自认为最美丽、最稀有的石头,每一块都用纸巾小心翼翼地包好,然后装到一个箱子里,让爸爸开车帮我运到学校。

石头展出的那一天,来了好多好多同学,小小的展柜被围得里三层外三层。同学们看着形状不同、颜色各异的漂亮石头,不断发出一阵阵的惊叹声。到后来,有些老师也被吸引过来了,一边看,一边啧啧称赞。

一开始,我好有成就感,得意地用射光灯给每一块石头打光,向同学们一一讲解这些石头的名称、产地、矿物类型等等。可是,当同学们纷纷提问,有些抛出来的问题我回答不上来的时候,我心

第八章 | 石头男孩的心思

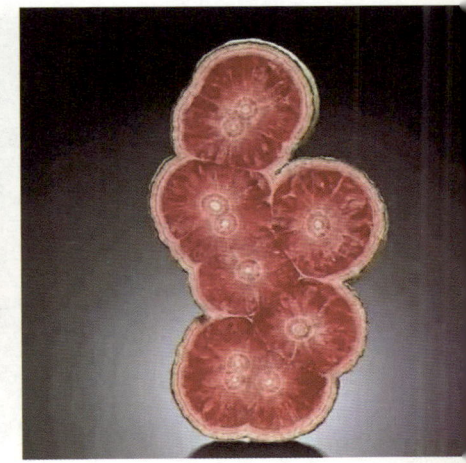

◎ 世界顶级的菱锰石（公开收藏品）

里发慌了。

老实说，我收集石头，最初只是单纯出于喜欢，收集过程中虽然也看了一些书，了解了一些矿物知识，但还是比较肤浅盲目的，远不是有意识的研究。所以，同学们的问题一多，有的问得深入一些，我就"抓瞎"了。

巴大叔和他的孩子们

那天参观石头的人群散去后,巴大叔问我,为什么喜欢石头?

我蓦然想起了姐姐同学说的那句话,脱口回答,它们不是石头,是矿物!矿物的魅力在于,它不像花草树木会凋零,也不像动物会生老病死。矿物之美,可以说是永恒的,这是任何东西都无法比拟的。

说得很好!巴大叔朝我竖起了大拇指。

但他马上又问,就这些?

就这些。我说。

巴大叔把一块石头放到聚光灯下,看了又看,说,石头确实美,但你想过它们的用途吗?比如这块石头。

我一看,巴大叔拿的正是那块引领我走进矿物世界的菱锰石,那是我查过最多资料的一块石头,心里稍稍有了一点底气。

第八章 | 石头男孩的心思

◎ 石头男孩的私家收藏

我说,这是菱锰石,也是碳酸盐矿物,它是阿根廷国石,含有铁、钙、锌等元素。这种石头很少见,我国广西好像也有,但广西产的比较像方解石,没有这块阿根廷菱锰石身上这样漂亮的纹路。它的用途嘛,我还真没想过。

巴大叔告诉我,你喜欢石头、收集石头,这是玩,当然,玩是研究的前提;玩到一定阶段,你知道了石头不仅仅是石头,它是矿物,这就提升了一个层次,开始向科学靠

巴大叔和他的孩子们 ☀ ☺ 🪐 🌑 🌙

拢，但那仅仅是基础的门槛；等你叩开科学世界的大门，想要探究矿物更多的秘密，你才真正开始接近科学。**在科学探究活动中，你要先确定自己的项目研究方向，学会运用观察、实验、测量、查阅资料、科考调研等多种方法，得出你的研究结论，并经历为你的结论寻找证据的过程。**你现在已经积累了不少石头，对矿物的知识也有了初步了解，能不能在此基础上，成立自己的"石头家庭实验室"，专门研究石头呢？

在巴大叔的点拨下，我这个当时才四年级的小学生，从玩石头转向了研究矿物。2018年，我在家里成立了"石头家庭实验室"，开始阅读更多我所能搜罗到的国内国外的矿物书，并在阅读过程中进行比对。慢慢地，我发现，我国虽然是矿物资源大国，但我们国家的矿物书却不多，也不好看。从那时候起，我就想，有朝一日，自己能不能写一本

第八章 | 石头男孩的心思

有趣的矿物书呢。

巴大叔知道我的想法后,积极鼓励我。他利用节假日带我去一些矿产丰富的大山考察,我们先后两次到温州永嘉的大山里采集标本。有一次我们找到了介于锂绿泥石和叶蜡石之间的一种矿物,还找到了蓝刚玉的共生体,那都是稀缺品种。巴大叔还带我去泰顺拜访过一位石头藏品丰富的矿业主。我们参观了他的矿物收藏馆,里面有不少精品,看得我眼睛发直,这为我后来写《Charles家的矿物书》,提供了一些稀有的石头案例。

未来我的这部矿物书,一定要让全世界知道,中国是最丰富的矿藏资源国!

对小谈有了一定的了解后,我再回过头去看《Charles家的矿物书》书稿,又有了一种不一样的感受。书稿虽然尚未写完,但其雏形已显现出新时代少年

巴大叔和他的孩子们

的别样风采，让你不由得想为这样的少年喝彩。

我想，在未来的日子里，假如小谈的矿物书能如约完成，我很愿意为此书的出版助力。

当我在微信里向小谈表达了这一层意思，并夸赞他真棒，还发了一个大拇指表情时，小谈没有回答，却给我发过来两个他曾经就读学校公众号的文章链接。

一篇文章的题目是"都8102年了，科学怪人终于出现了"！

文章开首，就发布了一则"重磅声明"，声明中幽默地强调：

> 学校正式"改名"，以后请叫我们"科学怪人收割机"。

下面是让你可能摸不着头脑，却会去细细琢磨思索的问题：

第八章 | 石头男孩的心思

都 8102 年了,

难道你还在死记硬背地学科学吗?

难道除了科学课以外,没有机会玩转科学吗?

紧接着就是学校 OTIA 科技节的报道:

最强大脑、纸桥承重、极限赛车挑战、极限航海挑战、模拟世界博览会……这些平时一个项目就能让孩子们尖叫的活动,居然同时在学校科技节上出现。与此同时,学校内涌现出了 800 名科学怪人。

报道中图文并茂地展示了一批科学小怪人的创意作品,都很新鲜有趣。在众多科学小怪人的图片中,我终于发现了小谈的照片。他正手握话筒在讲话,背景墙是一张张石头的照片。下面的图说是:

巴大叔和他的孩子们

这就是学校地质馆馆长小谈——宝藏男孩谈同学。爱捡石头的他,自学设计软件,耗时八个月设计新馆。

我不知道,这个地质馆的前身是不是巴大叔给小谈做的那个石头展览,但看照片上小谈手握话筒侃侃而谈的自信模样,再也不是那个被语文老师没收了课外书后郁闷无助的孩子了!

我又点开另一个链接,文章标题更让我吃惊:

少年谈馆长带你认识地震

这是 2018 年 5 月 2 日,汶川地震十年后,学校在高中部图书馆举办的一场"十年望川"的公益讲座,听讲座的大多是高中部的学生。十年前,他们还是学龄前儿童,对这场举国悲痛的灾难并无太多记忆。

第八章 | 石头男孩的心思

其时才小学四年级的地质馆小谈馆长，年龄比在座的大哥哥大姐姐要小将近一半，一上台却范儿十足。他拿出了学校少年科学院地质馆收藏的来自汶川的页岩和板岩标本，向大家讲述汶川地震的一个重要成因。他首先让同学们观察标本，然后再做出解释：这页岩是由黏土脱水胶结而成的矿物，肯定不坚固。这板岩也是由多种凝灰岩结合而成的，也不坚固。可想而知，四川省汶川地区的地质构造十分不牢固，地壳一旦受到挤压，很容易诱发地震。

文章还配有小谈馆长讲座的视频。可以看出，小谈的讲座课件准备充分，讲解主次分明，让同学们对汶川地震的成因、岩石的属性、地震的分类和危害，有了一个较为清晰的认识。

台下听讲的大哥哥大姐姐们对这个小学生馆长无不流露出敬佩的神情，大家都想知道这位平日里很低调的小谈馆长的尊姓大名。主持人老师满足了大家的愿望，

巴大叔和他的孩子们

说出了谈馆长的全名——谈镒洲。

当主持人老师请小谈馆长向同学们介绍一下自己这个名字有什么特别的含义时,他不紧不慢地告诉大家:"镒,是古代的一种计量单位,它是'金'字旁的;洲,是五大洲那个'洲'。我名字里的这两个字都跟大地有关,看来我与大地的缘分注定不浅!还有,我们少年科学院地质馆的地质研究小组,欢迎各年级对地质感兴趣的同学加入!"

我注意到,在这里,小谈不再说石头,也不仅仅说矿物,而是说地质。

看来,石头男孩对自己未来人生的选择,已经有了明确的方向。

第九章
萌宠爬袭

巴大叔和他的孩子们

认识朱宸,是在巴大叔邀我进入的"清英英雄群"里。

在巴大叔眼中,从家庭实验室里成长起来的孩子中,人才济济,英雄遍地,随便拉一个出来,都让你不敢小觑。

我之所以在众多的孩子中一下子注意到朱宸,完全是因为他的微信名"鈚乜(yí miē).獬豸(xiè zhì)"。

自以为做了多年图书和刊物的编辑,对汉字比常人大概还是多了解一些,冷门生僻的字也能认识个八九,没想到这个微信名跳出来的时候,我完全蒙了。前两个字不但不认识,更不知道读音,后两个字依稀有印象,

第九章 | 萌宠爬袭

好像是古代的一种神兽,但怎么读,一时也想不起来。

我立马按照笔画查字典,没想到前两个字居然查不到,只好在手机里手写输入搜索,输入后跳出来一串问"鈯乜"读音的,看来不认识"鈯乜"二字的人不少。

搜索后,没找到读音,倒是置顶处出现了"鈯乜.獬豸"在国内知名视频网站上的"个人空间"和"个人频道"。

我好奇地点进去一看,头像是个卡通小男孩,自我介绍是:江苏常州爬友。

我向巴大叔求证"鈯乜.獬豸"的身份,才知道他是江苏常州武进清英外国语学校六年级的小学生,养爬才两年,就在国内爬宠界小有名气。据说一些资深的爬界大佬,有时候也要求教这位在爬界才露尖尖角的小荷呢!

我对爬宠一无所知,对"养爬""爬界"更是两眼一抹黑。知道自己这回遇上难啃的骨头了,要和一个完全陌生领域里的行家对话,我还得好好做做功课,哪怕

巴大叔和他的孩子们

这个行家只是一个小学生。

在恶补了一通"爬知识"和"爬信息"后,我加了"鉏乁．獬豸"的微信。

也许是巴大叔已经向群友介绍过我,"鉏乁．獬豸"很快接受了我,并发来第一条信息:袁老师好!

而我上来就直截了当地问他的微信名,于是有了下面这段对话:

> 你的微信名很奇葩,是你养的爬宠的名字吗?
>
> 哈哈!不是,是我自己的微信昵称。
>
> 你为什么会取这样拗口的名字?我问了七八个人,没有一个读得出来,说明这几个字很生僻,你取这样的名字有什么特别的含义吗?
>
> "獬豸"是中国古代的一种神兽,聪明、正直,能辨别是非曲直。我个人挺喜欢历史的,然后就去了解了一下。

第九章 | 萌宠爬袭

那"鉏铘"呢?

这个倒没有什么特别的含义,就觉得光是"獬豸"二字有些单调,想给它找个伴,别让它孤单,就加了"鉏铘"二字。

"鉏铘"这两个字更冷僻了,你很厉害哦!你是不是很喜欢中国古典文学,平时爱看什么课外书?

是的,我很喜欢中国古典文学,但更喜欢物理和生物,课外会读一些经典名著,还有物理史、生物史,再就是有关爬行动物的书籍。

物理好像离生物比较远吧?

是的,从表面看,二者好像没什么关联,但深入进去会发现它们的内在逻辑有相通的地方,从宏观上说,都属于科学范畴。我就是喜欢科学史,然后才对物理和生物开始有所涉猎。

你现在读几年级?

巴大叔和他的孩子们

六年级。

我以为自己起码是在和一个高中生对话，你太牛了！

一般般，人都是各有所长。

你真名叫什么？

朱宸。

那我以后还是叫你真名，可以吗？你的微信名太让人望而生畏了！

当然可以啦！

这段聊天记录一直保留在我的手机里。虽然巴大叔事先告诉我，"鈻乇.獬豸"是一个小学六年级的学生，但我在微信中和他交谈时，还是下意识地问他读几年级。因为我实在有点不敢相信，一个小学生已经有这样深层次的阅读和知识储备。

我不由得想，难道巴大叔推行的"一千零一夜家庭

第九章 ｜ 萌宠爬袭

实验室计划"，真有这么大的魔力，能让孩子们在探索科学之路上，自觉叩开书籍的大门，走进知识的海洋？

当我问朱宸，能否给我讲讲他养爬宠的故事时，他很兴奋地就和我聊开了。

我的故事要从2018年5月说起。

我们这一代独生子女没有兄

◎ 爬宠小专家朱宸

弟姐妹，其实蛮孤单的。爸爸妈妈的宠爱，并不能弥补我们没有伴儿的缺失。我一直想养一只猫，或者一条狗，我想有个伴儿。

◎ 朱宸养的第一个爬宠——绿蝴蝶角蛙

第九章 | 萌宠爬袭

可我妈妈是个特别爱干净的人，猫猫狗狗的毛啊，粪便啊，在她看来都很脏，那是家里绝对无法容忍的。

为了弥补我不能养猫养狗的遗憾，在我的软磨硬泡下，妈妈送了我一个礼物——绿蝴蝶角蛙，那是我养的第一只爬宠。

有了绿蝴蝶角蛙这个可爱的小伙伴，我的生活明显地增添了许多乐趣。每天放学一回家，我肯定要先去见我的小伙伴，和它说会儿话。为了更好地了解我的新朋友，我上网查找了绿蝴蝶角蛙的资料。很快就弄清楚了，这种绿皮上长满褐色花斑纹的绿蝴蝶角蛙，是角蛙的一类品种，但并非原生态野生种，而是人工交配繁殖霸王角蛙和南美角蛙的杂交种。我还通过看书，掌握了饲养角蛙的要点：1.饲养盒的理想尺寸应该长30厘米、宽20厘米、高15厘米；2.垫材是角蛙泥、莫斯地毯、生化

巴大叔和他的孩子们

棉、椰土；3.理想的食物是杜比亚蟑螂、大麦虫，没有上述两项时，可以用角蛙粮代替；4.水质必须干净，因此要勤换水，否则角蛙容易得红腿病。

那段时间，正好巴大叔来我们学校做报告，推广"一千零一夜家庭实验室计划"，同学和家长反响强烈，就连老师们也都听得很兴奋、很投入。没过多久，我们学校的"清英家庭实验室"开始在各个班级试行，同学和家长的参与热情都很高，每个同学都陆陆续续确定了自己的实验项目。

巴大叔说，实验项目的选择，最好与自己的兴趣相结合，这样会更有动力。我没有什么别的爱好和兴趣，于是就以这只绿蝴蝶角蛙为基础，成立了自己的"爬宠家庭实验室"。

从此，我便开启了有趣的爬宠养殖之旅。

妈妈送我绿蝴蝶角蛙，原本是为了让我开心，最初她以为我玩一段时间就会腻，没想到我正儿八

第九章 | 萌宠爬袭

经地成立了"爬宠家庭实验室",摆出一副要搞实验研究的架势。这下妈妈也认真起来,她将家里凉台的一角腾出来,作为我的实验场所。

为了满足爬宠对环境的要求,我在凉台的角落里搭建了一座爬房,在爬房里放置了一格格爬柜。有了爬房和爬柜,我的"爬宠家庭实验室"初具规模。

这样一来,一只绿蝴蝶角蛙显然是不够的,在妈妈的支持下,我又引进了第二只爬宠——豹纹守宫。

守宫就是我们常说的壁虎,属于蜥蜴科。我之所以选它,是因为这种小动物小巧玲珑,呆萌可爱。我当时在爬宠市场第一次见到豹纹守宫,一下子就喜欢上它了。它的表情永远像在微笑,舌头伸出来时,像极了哈士奇的傻笑,还总是瞪着黑漆漆水灵灵的大眼睛,好解压啊!我马上就要上初中了,课程任务越来越繁重,内心压力还是蛮大的,

巴大叔和他的孩子们　☀ ☺ 🪐 🌑 🌙

◎ 朱宸的守宫

但只要和守宫一起待一会儿，人就觉得轻松了。

我们同学中不少人爱追星，我不追，那些小鲜肉哪有我的豹纹守宫酷炫帅气。如果你从侧面看它——细长的瞳孔、潇洒的豹纹、微微上扬的嘴角，小鲜肉可没有这范儿！

几天后，我又缠着妈妈给我买了一只鬃狮蜥。鬃狮蜥是飞蜥科的一种，主要分布在澳大利亚东半

第九章 | 萌宠爬宠

部,常栖息于森林甚至沙漠等地,喜欢晒太阳,需要高温。所以,它们对温度和湿度的要求都比较高。我买的这只鬃狮蜥相貌不能和豹纹守宫比,长得有点凶,背部及颈背上布满刺状鳞,下巴下面还有一个丑陋的囊。但鬃狮蜥的卖主告诉我,这个囊是它的防身武器,在面对敌害时,这个囊就会胀

◎ 朱宸的鬃狮蜥

开,形成一个带刺的大"胡须",用来吓退对方,保护自己。这让我觉得鬃狮蜥很聪明,也是我喜欢上它的原因。

豹纹守宫和鬃狮蜥一进家门,我原先搭建的爬房和爬柜就太初级、太简陋了,必须得进一步改造。为了满足它们生长的需要,我在爬柜底部放置了能加热的A4盒,用来调节温度。我还添置了一个专门饲养鬃狮蜥的PVC保温箱,又特意配了三个灯,其中一个UVB紫外线灯用于补钙,UVA日光灯用来加热,还有一个加热夜灯既可在晚上照明,也可进一步提高箱子里的温度。

不同的爬宠,吃的食物也不一样。豹纹守宫的嘴很刁,一般的爬食它不爱吃,它喜欢吃杜比亚蟑螂和大麦虫。这两样东西都不太好弄,也不太好买,我看到豹纹守宫常常胃口不开的样子,心里很着急。后来我听说杜比亚蟑螂的蛋白质含量是牛肉

第九章 | 萌宠爬袭

◎ 朱宸给心爱的爬宠搭建的爬房

207

巴大叔和他的孩子们 ☀ 🌍 🌙 ☾

的八倍，营养价值很高，我就开始自己养杜比亚蟑螂。我从爬宠市场买回肥硕的杜比亚蟑螂，让它们在成年后繁殖小蟑螂。我把妈妈买回来的蔬菜根蒂切碎后喂它们。小蟑螂繁殖得很快，一批又一批。我养的杜比亚蟑螂，让本来蔫蔫的豹纹守宫胃口大开，一下子壮实了好多，我好开心！

在养爬的过程中，我遇到的最大困难就是知识上的欠缺，因为不懂，常常犯下错误，造成不好的后果。比如我养的一只柠檬霜守宫，买回来以后一直不吃东西，后来勉强开食了，吃得也很少。一开始是掉皮，后来几个脚指头都断掉了，体形也很小，一副发育不良的样子。我发现异样后，先是泡水给它撸皮，然后上网查信息，向有经验的老爬友咨询，终于弄明白这是缺钙了。我赶紧给它的食物里拌进去大量钙粉，柠檬霜守宫这才慢慢恢复正常，但还是落下了残疾，不仅断掉的脚指头再也长

第九章 | 萌宠爬袭

不出来,前脚还崴了,成了瘸子。

这以后,我又逐步收养了一些其他品种的守宫,并且开始尝试让不同基因的守宫进行杂交孵化和繁殖的实验。做这个实验我是出于几种考虑:一方面当然是想通过实验,了解基因在杂交孵化过程中会产生什么样的变异,进而更深入地探究豹纹守宫繁殖方面的知识;另一方面,我也走访了一些爬宠市场,我们国家目前爬宠产业面临的主要问题是市场认知度不高,但近两年情况有所变化,尤其是守宫爱好者数量在逐日上升。以前非常小众的爬宠产业,未来可能会有较大的市场潜力和拓展的可能性。再有就是体验爬宠繁殖的乐趣,这种乐趣很奇妙,你不亲历其中,真的无法感受。

爬宠的购买成本较高,我的第一只爬宠绿蝴蝶角蛙就要八九百块钱,豹纹守宫的价格也基本在这个上下。我是小学生,没有经济来源,全靠家长支

巴大叔和他的孩子们

持,但这不是长久之计,我不想总向大人伸手要钱。所以我想自己孵化繁殖出小守宫,卖给别的爬友,再把换来的钱投入养新爬的实验。

四月到六月是守宫的发情期,当然也是最佳繁殖期。今年四月,我给守宫做了第一次交配繁殖尝试。本来是想繁殖豹纹守宫,做一两只橘化的柠檬霜出来,但配了两次之后,等了一个多月守宫还是不下蛋,我就意识到是没配上。五月,我又配了一次,还是没动静。第四次再配时,两只不同基因的守宫居然打起来了,实验失败。不过,我不会放弃,明年我还会再试。

最近我又准备养一种新的爬宠,名称叫"斑帆",这是国内相对来说比较少见的一种爬宠,也是非保护动物的爬宠里体积最庞大的,长大以后很好看,亚成体身上的珠鳞会变成彩色,其中以蓝色的最为漂亮。

第九章 | 萌宠爬袭

◎ 朱宸的新爬宠——斑帆

这种爬宠比较冷门,网上资料也很少,饲养难度非常高,但我想挑战一下。养爬和做别的事情一样,只有不断挑战新高度,才有意思。

听朱宸讲了他和爬宠的故事后,再回头看自己记录

巴大叔和他的孩子们　　☀ ☺ 🪐 ● ☾

整理的文字，我还是有点恍惚，觉得这个昵称叫"鈀乜.獬豸"的孩子，说的话、想的事，实在是太成熟了，真的不像一个小学六年级的孩子。你若不信吧，我和他用微信语音通过话，那稚嫩的童声真真切切地透露了他的年龄。

我很想了解朱宸从前是怎么样一个孩子，成立了"爬宠家庭实验室"以后，发生了什么变化，像朱宸这样的孩子是个别的，还是普遍的。

我便又在"清英英雄群"里联系上了教朱宸班科学课的田老师。

田老师在电话里的声音很年轻，透着蓬勃的朝气，可以想象，这一定是一个让孩子们喜欢的女老师。

通话中，田老师掩饰不住对朱宸的喜爱，但她马上又告诉我，在武进清英外国语学校，像朱宸这样优秀的孩子不是一个两个、十个八个，而是一大批，这和学校加入了"一千零一夜家庭实验室计划"是分不开的。

第九章 | 萌宠爬袭

说着,田老师就给我发来一批"清英家庭实验室故事汇"的链接,是各个年级的学生们组建各自不同的家庭实验室的内容。有家庭植物实验室、家庭动物实验室、家庭物理实验室、家庭化学实验室、家庭发明工作室、家庭科技制作室、家庭修理小作坊……每个小朋友都有自己独特的实验项目和不同的主攻方向,其中就有朱宸自己制作的"萌宠爬袭——我的爬宠家庭实验室"链接。

我在这个链接中终于看到了"鈚乜.獬豸"的真容。这是一个戴着眼镜的清秀小男孩,他不仅给自己做爬宠饲养实验的文章配上了生动形象的图片,还录了好几段视频,展示了爬房、爬柜、保温箱和角蛙、守宫、鬃狮蜥等。文章也写得简洁明了,小标题、主旨一目了然。

现在的孩子真厉害啊!我不由得慨叹。

没想到,我的感慨一下子打开了田老师的话匣子。

巴大叔和他的孩子们 ☀ ☯ 🪐 ⊙ ☾

朱宸原来是个内向、害羞的男孩，话很少，也不爱抛头露面，更不擅长表达。他成立了爬宠家庭实验室后，简直像换了一个人，我也很意外。

去年夏天，我和另一位老师带朱宸和另一位同学去深圳参加"2019 LIFE 教育创新峰会"。朱宸还在会上做了一个专题发言，介绍自己的爬宠家庭实验室，讲他的养爬经历和通过各种爬宠实验学到的知识，以及养爬带给自己的一些人生感悟。我没想到，小朱宸上台发言一点也不怯场。他的发言中有一句话我印象特别深刻，他说：所有动物都值得你爱！

朱宸的发言，赢得了全场的阵阵掌声，不仅让在场的嘉宾感受到了家庭实验室的魅力，也让大家看到了一个少年学子充满爱的内心！

那次峰会上有一个教育成果展览，我们学校的"清英家庭实验室"是有一个展位的，展位上

第九章 | 萌宠爬袭

◎ 面对参观者和采访他的记者，朱宸侃侃而谈

　　有一块重要的内容，就是介绍朱宸的"爬宠实验室"。朱宸成了会上的小红人，记者追着他采访。这个平时不善言辞的孩子，面对记者的提问，却能侃侃而谈。

　　朱宸的变化，和"家庭实验室"是分不开的。

　　2016年，陈耀老师到学校来推广"一千零一

一场直抵内核的教育变革
——"家庭实验室"学校联盟在行动
"China Problem-Based Learning" in action

家庭实验室学校联盟　陈　耀

◎ "家庭实验室"的创客们正在走进大众视野。图为巴大叔和他的几位小创客在台上演讲（右一为巴大叔，右二为朱宸）

夜家庭实验室计划",给家长们开动员大会，做了一个题为"为孩子们构建科学探究的乐园"的讲座。那一次的演讲特别轰动，尤其是陈老师在演讲中提到的，因加入了"家庭实验室"的项目研究而发生巨大改变的一个个孩子的生动事例，更是让学生和家长反响热烈。

巴大叔和他的孩子们

我们学校是一所新兴的民办小学,与那些遵循传统教育体制的学校相比,我们的教育理念算是比较开放的,也受到许多家长的青睐。而陈老师的讲座给学校带来的新的冲击,更是让大家耳目一新。

经过一段时间的调研、筹备后,学校于2017年加入了"全国家庭实验室学校联盟",在全校各个年级推广实施陈老师的"一千零一夜家庭实验室计划"。我们首先分班召开家长会议,动员每个学生和学生的家长在自己家里建立"家庭实验室",争取取得家长的认可和配合;然后,由学生和家长自行确立研究项目,尽可能根据孩子的兴趣选择实验主题,也可以选择与父母职业相关、方便家长提供教学资源和知识帮助的选题;接下来我们在微信里建立"家庭实验室交流群",每周举行交流会,组织学生和家长在群里沟通、交流,互相学习、借鉴提高。对那些实验项目做得比较好的家庭,学校

第九章 | 萌宠爬袭

提供平台，为他们拍摄视频、组织直播。同时，学校还开设"清英家庭实验室网络直播自创课程"，让孩子们走上讲台，主讲自己的实验体会和成果。我们的直播课程，点击率很高，不仅受到了本校师生的欢迎，还吸引了外校的师生们。有几所学校还成为我们"清英家庭实验室网络直播自创课程"的联盟学校，共同为孩子的成长铺设新的基石。

在短短两年多的时间里，参与"家庭实验室"的孩子们都慢慢从中获益，有的成了学校里的"动物专家"，有的成了"植物分类专家"，有的则成了"电子工程师"……我们发现，**从"家庭实验室"里成长起来的孩子，有几个特点：第一，发展均衡，动手能力强，阳光自信，擅长表达；第二，不会因为做实验而耽误学习，反而在学习中更善于思考，好奇心强，爱钻研，往往能举一反三，融会贯通；第三，特别知道自己要什么，将来想**

巴大叔和他的孩子们

干什么，人生目标十分清晰；第四，情感变得丰富，有责任感，乐于帮助人。

孩子们的蜕变和成长，让家长们看到了"家庭实验室"的意义。

巴大叔推行的"一千零一夜家庭实验室计划"受到这么多孩子、家长、老师的欢迎，短短几年间，如星火燎原般在全国各地开花结果，究竟弥补了现行教育体制中哪些被我们忽略或者说丢弃了的东西？

几年前，我曾经去了亚马孙热带雨林。

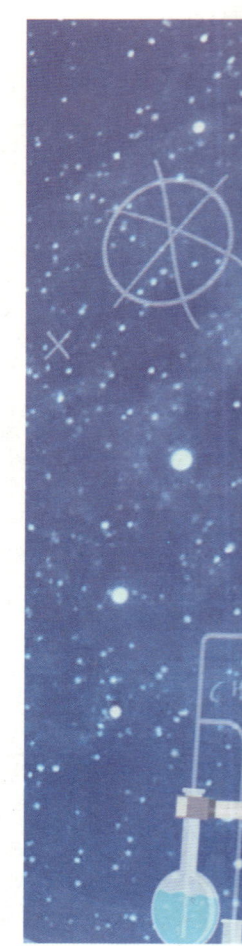

◎"家庭实验室一条街"活动现场

第九章 | 萌宠爬宠

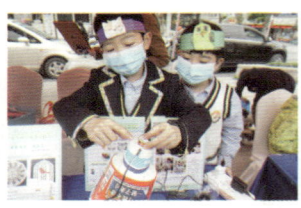

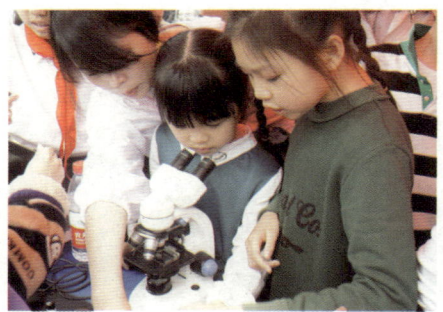

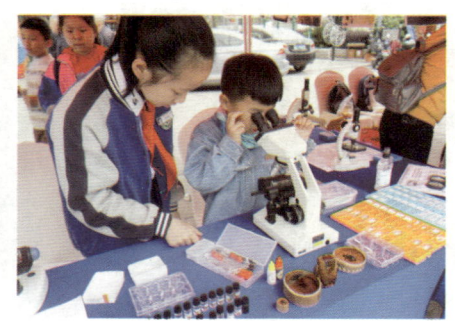

◎ "家庭实验室一条街"的孩子们

第九章 | 萌宠爬袭

出发前,一位专做少儿图书的编辑朋友向我约稿,她说,回来后,给孩子们写一本《亚马孙热带雨林探秘》吧。

那一次探险,我在浩瀚深邃的热带雨林里,见识了许多以前闻所未闻、千奇百怪的动物,大开眼界,但给我留下最深刻印象的,却是一只红色的、拇指盖大小的树蛙。这只树蛙停留在一片碧绿的树叶上,像一枚闪动着红光的玛瑙。

我突然想起了曾经在网上疯传的一组照片《树蛙打伞》,一只可爱的树蛙在倾盆大雨中抱着一片叶子躲雨,更令人惊叹的是,它似乎懂得根据暴雨的方向调整树叶"雨伞"的角度。据说,这是一位印尼摄影师抓拍到的照片,在网络上热传,获得无数赞美。但也有细心的网友发现,这只树蛙的大腿上有明显的瘀青和红斑,从而提出质疑:这些照片明显是摆拍的,摄影师有虐待动物的嫌疑。

巴大叔和他的孩子们

所以,当给我们当向导的原住民皮特捏住小树蛙,轻轻放到我的手心,问我要不要将这只美丽的树蛙带回中国时,我摇摇头,重新将树蛙放回了树叶上。

我知道,森林和大树才是树蛙的家,在尊重大自然的基础上自由无拘地创造,才是孩子们找到自我的翅膀……

不是尾声

从『创客之夜』
到2049计划

巴大叔和他的孩子们

我对巴大叔这个真实人物的书写，都源自2019年一个星星眨着眼睛的夜晚。

那段时间，我在一所学校里体验生活。

那天下午，一位青瓜脑袋的短发茬上剃着"TNT"英文字母的小男孩神秘地告诉我，他们要在当天晚上逃离自修课，和他们的科学老师巴大叔去一家理发店，度过一个也许会很有意思的"创客之夜"。

那天傍晚，十几个孩子和七八个家长，在校门口集合。巴大叔带队出发时，我和他们一起去了。

理发店很小，装潢得却别有情趣。墙上挂着古代的

从"创客之夜"到 2049 计划

◎ 巴大叔和孩子们举行「创客之夜」的理发店

巴大叔和他的孩子们 ☀ ☺ 🪐 🌑 🌙

◎ 理发的历史也是"创客之夜"的学习内容之一

剃头工具，和今天的理发剪完全不同，像镰刀和削刀；一帧帧民国时期旗袍美女和马褂大叔正在理发的黑白老照片，透出浓浓的怀旧情调。最引人注目的，是那些形状各异、凌空悬挂的木牌，上面写着的口号很独特："爷爷都是从孙子走过来的""唱自己的歌，让他们呕吐去吧""我是出来打酱油的，可是红烧肉能离开酱油吗"……

店老板兼发型师是个三十出头的帅哥,剪着一个时尚的丛林头,颜色染成暗绿和烟灰交织的混搭——酷毙了!他很热情地招呼着巴大叔和孩子们,一点也没有因为一群人的拥入可能会影响他的生意而显出不快。

在理发店,巴大叔让孩子和家长们做的第一件事,是每人剪下自己的一小缕头发,放在一个白色的大盘子里,然后要大家仔细观察,并提出了一连串的问题:大人和孩子的头发有什么不同?女性和男性的发质有区别吗?小姑娘头发的天然黄和妈妈染出来的黄一样吗?

巴大叔说,这是今天给同学们出的第一道题,给大家十分钟时间观察,在回答问题的基础上,用文学的语言,进一步描述出不同人头发的特点。

孩子们兴奋地围着白盘子,叽叽喳喳地发表着各自的看法。有个家长带来了一台显微镜,让孩子们将放头发的大盘子放到显微镜下,更仔细地观察,促使孩子们

巴大叔和他的孩子们

从不同的视角说出不同头发的特点。孩子们拿出了本子和笔认真地做观察笔记。有个小女孩还将观察笔记制作成表格，清晰地列出了不同头发的形状、颜色、粗细、长短、软硬度等等。

巴大叔并不对孩子们的答案加以评判，而是用酒精灯点燃了盘子中的头发，让孩子们闻着焦

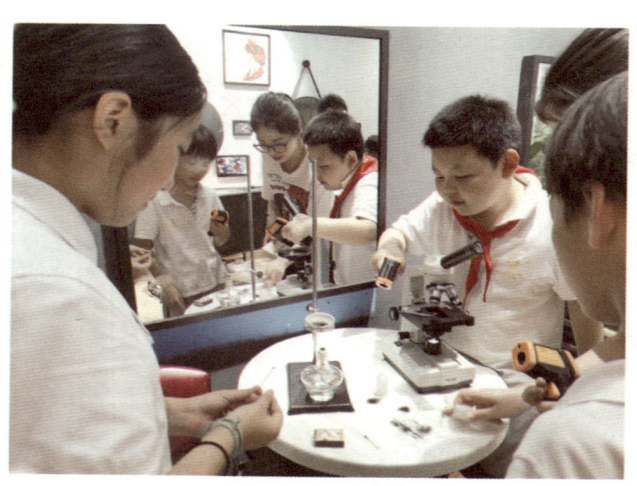

◎ 孩子们在显微镜下观察不同的头发

煳味思考第二道题：头发被火点燃后，会发生物理反应还是化学反应？为什么明明是头发烧焦，我们却仿佛闻到了烤羊肉串的味道？如何根据烧焦的气味来分辨生物毛发和假发？

　　巴大叔似乎只是提出问题让孩子们思考，并不在意孩子们能否找出答案，还没有等孩子们回答，他又给出了第三道题：为什么有的发质干枯，有的发质油腻？这和洗发液有关系，还是取决于个人的体质？假如你是一个发型师，你会如何根据不同顾客的发质，配制不同成分的洗发液？

　　就在孩子们热烈讨论，家长们也忍不住参与进来发表意见时，我发现巴大叔却在鼓动理发店的帅哥老板给孩子们讲一讲发型和物理、化学、几何、美术甚至与文学及音乐的关系。他说你手下打理的每一个不同的发型，就是一张不同的人生地图。这样来自生活的活生生的课程，孩子们在教室里是绝对听不到的。更重要的是，这会激发孩子们的好奇心和求知欲。

身为发型师的帅哥老板果然讲得很出彩，孩子和家长们都听得很入迷。

那一次"创客之夜"，对我来说可谓振聋发聩。将近两个小时的活动，让那些大多在课堂上连四十分钟都很难坐住的孩子，一个个都变得十分专注——一家小小的理发店，给孩子们打开了一扇大大的科学人文之门。而那些参与活动的家长，也在潜移默化中学到了与孩子沟通的方式。

我对巴大叔的追踪，就是从那个星光闪烁的"创客之夜"开始的。

多年前，巴大叔从他在浙江永嘉一所乡村小学开发的大自然山水田园课程起步，到如今创建的已在全国各地逐渐开花结果的家庭实验室，这期间经历过无数个类似于理发店那样的"创客之夜"。一群群孩子在这里被启蒙：从对科学的懵懂、陌生、无知，到慢慢产生好

从"创客之夜"到 2049 计划

◎ 梦想在这里起航

奇、逐步形成兴趣，进而一步一步走进科学的大门，沉浸到知识的海洋，上天能飞翔于奥妙无穷的宇宙苍穹，入地能踩踏在深邃辽远的群山旷野；知道了书本以外的未知世界原来那么博大，没有钢筋水泥围墙的学校，居

巴大叔和他的孩子们

然如此美丽！他们的思维变得活跃，他们的视野变得开阔，他们的心胸和格局变得宽广。他们学会了怀疑，有勇气去推翻，更敢于尝试。他们脑子里潜藏的智慧，星光四射、令人惊艳；他们身体中蕴伏的能量，足以穿透无数考卷垒起来的高墙！

更重要、更令人欣慰的是，我们在巴大叔的山水田园课程中，在千家万户的家庭实验室里，也和那一次理发店的"创客之夜"一样，看到了许许多多家长的身影。那些总是在学习和玩耍之间和孩子对峙，忍不住剑拔弩张的父母；那些为孩子的成绩焦虑不堪，无奈地陪孩子穿梭在各类校外辅导班、培训班、兴趣班之间，身心疲惫的爹妈；那些只会盯着"别人家的孩子"唉声叹气，却很难发现自己身边其实就藏龙卧虎的家长，不知从何时起，开始不那么看重孩子的分数、成绩的排名，他们兴致勃勃地和孩子们一起，跟着巴大叔的"神奇校车"穿山越岭、蹚水过河，听鸟语树音、看花开叶落；他们纷纷在各自的家里辟出一方天地，成立各种各样、不同门类的家庭实验室，和孩子们一起做五花八门、千奇百怪的科学小实验。孩子有什么需求，家长帮助解决；孩子的实验获得成果，家长也开心无比。**无形之中，父母和子女的心走近了，隔膜不知不觉化解了，亲子关系更紧密了。**

巴大叔心中有一个伟大的科学梦想，他将这个梦想实现的时间定在2049年。他说，这是我的2049计划，到那个时候，我希望我的学生中能够产生诺贝尔奖获得者。

有人称他的梦想是空想，有人笑他的计划必将是他教师生涯的"滑铁卢"，但这位科学大侠并未因此放弃自己的梦想，而是更加坚定不移地朝着自己制订的计划，一步一个脚印扎扎实实地向前走着。

我不敢说，巴大叔创建的"山水田园课程"和"一千零一夜家庭实验室"是否具有教育创新的划时代意义，能否掀起教育改革的新浪潮，但我相信，这中间一定包含了对现行教育存在的弊端的反思，在"双减"政策和全新家庭教育理念革新之下，能为我们提供实践探索上的启迪，也一定可以给我们千篇一律的课堂教学注入新鲜的活力。同时我期盼着，2049年世界科技的舞台上，能够出现从"山水田园"和"家庭实验室"走出来的中国少年的身影！

2021.秋

图书在版编目（CIP）数据

巴大叔和他的孩子们：一位科学老师的2049计划／袁敏著．—杭州：浙江少年儿童出版社，2022.3（2023.4重印）

ISBN 978-7-5597-2639-1

Ⅰ．①巴… Ⅱ．①袁… Ⅲ．①纪实文学－中国－当代 Ⅳ．①I25

中国版本图书馆CIP数据核字（2021）第230637号

巴大叔和他的孩子们
——一位科学老师的2049计划
BADASHU HE TADE HAIZIMEN
——YIWEI KEXUE LAOSHI DE 2049 JIHUA

袁敏／著

责任编辑	楼　倩　黄晨屿
封面绘图	Fann Chen
装帧设计	潘　洋
责任校对	马艾琳
责任印制	孙　诚

浙江少年儿童出版社出版发行
地址：杭州市天目山路40号
杭州富春印务有限公司印刷
全国各地新华书店经销
开本 880mm×1230mm　1/32
印张 7.625
字数 94000
印数 8001—10000
2022年3月第1版
2023年4月第2次印刷
ISBN 978-7-5597-2639-1
定价：39.80元

（如有印装质量问题，影响阅读，请与承印厂联系调换）
承印厂联系电话：0571-64362059